# EIGENDOM

### RENEE ROSE

Vertaald door
**M ZACHS**

Gepubliceerd in de Verenigde Staten van Amerika

Wilrose Dream Ventures LLC

Dit boek is een werk van fictie. Hoewel er verwezen kan worden naar werkelijke historische gebeurtenissen of bestaande locaties, zijn de namen, personages, plaatsen en incidenten ofwel het product van de verbeelding van de auteurs, ofwel fictief gebruikt, en elke gelijkenis met werkelijke personen, levend of dood, bedrijven, gebeurtenissen of locaties is volledig toevallig.

Dit boek bevat beschrijvingen van veel BDSM- en seksuele praktijken, maar dit is een werk van fictie en zou als zodanig op geen enkele manier als gids gebruikt moeten worden. De auteur en uitgever zijn niet verantwoordelijk voor enig verlies, schade, letsel of overlijden als gevolg van het gebruik van de informatie in dit boek. Met andere woorden, probeer dit niet thuis, mensen!

 Formatted with Vellum

# WIL JE GRATIS BOEKEN?

speciale prijzen, exclusieve previews en nieuws over nieuwe uitgaves.

# EIGENDOM

**'Je breekt haar, je bezit haar.'**

Ik wilde niet aan haar gekoppeld worden. De perfecte, breekbare bloesem die eruitziet alsof ze een safe-woord zal gebruiken na één slag van mijn stok. De voormalige huisgenote van de nieuwe vrouw van mijn bratva-broeder. Ik zal niet vallen voor haar gretigheid om te behagen. Haar standvastige onderwerping. Maar wanneer ze alles neemt wat ik haar geef, wordt het steeds duidelijker: ze behoort nu aan mij toe.

# HOOFDSTUK 1

*Pavel*

HET ZIJN DE TATOEAGES.

Een eersteklas vliegticket garandeert geen speciale behandeling als je eruitziet zoals ik. Zelfs het Tom Ford overhemd met knopen en gepolijste Berluti schoenen compenseren niet voor de inkt markeringen die over mijn knokkels lopen en omhoog krullen langs mijn nek.

De stewardess, een prachtige Afro-Amerikaanse met een volle bos krullen, projecteert haar glimlach door de eersteklas cabine. Wanneer haar blik naar mijn keel flitst waar de inkt zichtbaar is, schiet deze verrast terug naar mijn gezicht. Ze beseft dat ik haar bekijk en gaat snel verder, alleen om Maxim te zien, die schuin tegenover me zit, ook zwaar getatoeëerd. Natuurlijk zorgt de mooie roodharige aan zijn linkerkant ervoor dat hij er minder bedreigend uitziet.

Ik strek mijn benen uit en vang Sasha's blik. 'Waarom koop je niet gewoon een privé vliegtuig voor ons, rijkaard?'

Sasha - Maxims bruid uit een gearrangeerd huwelijk en

bratva-prinses - kwam met een bruidsschat van zestig miljoen. Het enige wat Maxim hoeft te doen is haar in leven houden, wat niet zonder uitdagingen is geweest.

Geïnteresseerd heft ze haar felblauwe blik naar Maxims gezicht. 'Zouden we dat moeten doen?'

Ik weet verdomde goed dat Maxim Sasha alles zal geven wat ze maar wil. Ik hoef haar alleen maar te verleiden om iets te willen wat ik ook wil.

'Zou je nu niet liever in je eigen vliegtuig zitten, op je eigen schema? Een Cosmo nippend voor het opstijgen?'

'Wat zou dat kosten?' vraagt ze aan haar man.

Maxim, de fixer van onze bratva-cel, rekent snel. 'We zouden waarschijnlijk een gebruikte kunnen krijgen voor een miljoen. Dan zouden we een piloot moeten inhuren en betalen voor een hangar.' Hij haalt zijn schouders op. 'Misschien zouden we dat moeten doen. Het zou reizen naar Rusland comfortabeler maken.'

'Het zou alles comfortabeler maken,' stem ik in.

Ik ben een profiteur, maar ik ben er tenminste duidelijk over. Het is niet alsof ik uit geld kom, zoals Sasha. Ik ben precies wat ik lijk. Een Russische ex-militaire crimineel die zijn geld op de verkeerde manier verdient en het nu wil gebruiken om respect te kopen.

Wat natuurlijk niet zal werken. Alsof hij mijn punt wil bewijzen, stopt de *mudak* met een ticket voor de stoel naast me in het gangpad en kijkt me met afkeer aan. 'Dat is mijn stoel.'

Ik wacht drie volle tellen voor ik beweeg. Nadat ik ben opgestaan en hem voorbij laat gaan om de stoel bij het raam te nemen, kraak ik mijn getatoeëerde knokkels en kijk zijn kant op totdat hij begint te zweten. Al zijn geld en arrogantie zouden hem er niet van weerhouden te breken als ik hem alleen in een pakhuis zou hebben.

Maar mijn dagen van marteling zijn minder frequent dan

vroeger. Ik heb in maanden niemand in elkaar geslagen. Nee, ik heb al die sadistische neigingen bewaard voor de lieftallige pijn-slet die het roulettewiel vanavond voor me uitkiest.

Ik wou alleen dat Maxim en Sasha verdomme niet meekwamen. Ik denk dat het me niet zoveel kan schelen dat Maxim erbij is. Hij kent de duisternis in me. Hij heeft me eerder zien doden. Maar het is niet iets wat ik graag door Sasha laat zien. Het sadisme, niet het doden. Nou, eigenlijk geen van beide.

Ik heb een jaar lang mijn vuist zitten neuken denkend aan dit evenement. Sinds Ravil vorig jaar naar de Black Light Roulette in D.C. ging, zit het in mijn fantasieën. Ik hield van de anonimiteit van het gebeuren - valse namen en toevallige koppelingen.

Vrouwen die hunkeren naar wat ik wil geven: pijn.

Geen emoties. Geen relaties. Een beetje onderhandeling. Genoeg regels om te voorkomen dat dingen vreemd worden.

Voor een man zoals ik die zijn vrouwen naamloos verkiest - zelfs gezichtsloos - voor een man die ze wil horen huilen van de pijn en smeken om meer - de hemel.

De waarheid is dat ik voor vorig jaar geen reet wist van BDSM en clubs zoals Black Light. Ravil was er laatdunkend over toen hij vertrok. 'Waarom zou iemand betalen om een vrouw af te ranselen?' had hij gespot. Hij moest wingman spelen voor Valdemar, de Russische diplomaat op wiens hulp we vertrouwen om illegale import het land in te krijgen.

Het was het *een vrouw afranselen* dat me pakte. Ik had zoveel fucking fantasieën over precies dat ding door mijn hoofd spoken sinds ik jong was, en tot dan wist ik niet dat het een ding was.

Ik had mezelf nooit toegestaan eraan toe te geven, omdat ik dacht dat ik een zieke klootzak was die het waardeloze leven dat ik had gekregen verdiende voor het hebben van zulke gedachten.

Dus ging ik naar het internet. Vond de porno. En de regels. En de levensstijl. Ik had zelfs een paar overeengekomen ontmoetingen.

Dus toen Valdemar dit jaar Ravil belde, niet wetend dat Ravil zijn partner van vorig jaar zwanger had gemaakt en nu een pasgeborene heeft, bood ik aan om te gaan.

En alles zou perfect zijn geweest als Sasha het niet had gehoord en had besloten dat ze ook wilde gaan.

Maxim verbood haar natuurlijk om deel te nemen aan het evenement, maar hij besloot dat als ze wilde gaan, ze kaartjes zouden kopen en zouden kijken.

Alsof dat niet vreemd is.

Wie wil zijn huisgenoot zien tijdens verdorven neuksessies?

Blijkbaar mijn verdorven vrienden.

*Blyat.*

\* \* \*

KAYLA

IK RIJD DRIE keer het blok rond om een parkeerplaats te vinden, spring dan uit mijn tien jaar oude Toyota Camry en ren naar de deur van mijn appartement.

De commercial die ik aan het opnemen was, duurde de hele dag. Elf uur op mijn voeten, dansend op stiletto's terwijl ze opname na opname filmden van de hoofdactrice die haar haar naar achteren gooide, het energiedrankje nipte en er verfrist uitzag terwijl ik op de achtergrond feestte.

Begrijp me niet verkeerd - ik ben dolblij met het werk - alle betaalde credits - om me te helpen bij het gilde te komen, maar nu moet ik me haasten om me klaar te maken voor vanavond.

De avond waar ik de afgelopen maand over in paniek ben geweest. Black Light Roulette.

Ik schiet door het appartement en begroet mijn huisgenoten buiten adem. 'Hoi - ik ben er. Moet douchen. Als Sasha komt, zeg haar dan dat ik over twee seconden klaar ben.'

'Sasha is hieeeeeer!' Roept onze voormalige huisgenote vanuit de keuken. Ze komt naar buiten met haar armen in een overwinnings-'V'.

'Sasha!' Ik sla mijn armen om onze voormalige huisgenote heen, het Russische feest meisje dat samen met mij theater studeerde aan USC. 'Het spijt me dat ik zo laat ben. Ik was een commercial aan het filmen en het duurde een eeuwigheid.'

'Zat tijd,' vertelt ze me. 'Laten we ons klaarmaken. Laat me zien wat je gaat dragen. Ik wil je make-up doen.' Ze volgt me naar mijn slaapkamer terwijl ze haar Louis Vuitton-koffer naast zich rolt. Zij is de reden dat ik naar Black Light Valentine Roulette ga.

Zes weken geleden vertelde ze me dat ze naar de stad kwam met haar hete Russische *mafiya*-echtgenoot om een exclusief privé BDSM-club evenement bij te wonen. Het moment dat ze het me vertelde, was het alsof er een schakelaar in mij werd omgezet.

Mijn pols begon te racen. Ik kon niet stoppen met haar te bestoken om informatie over het evenement.

Ze vertelde me over het Black Light's roulette-evenement waarbij koppels worden gepaard door de draai van een wiel. Hun activiteiten - BDSM-activiteiten - worden bepaald door een draai aan een wiel.

Ik was altijd doodsbang voor BDSM - het verlangen om te begeren, om me te onderwerpen aan een man. Het was alsof het iets was dat in de schaduwen op de loer lag waar ik bang voor was om naar te kijken uit angst dat het me zou vernietigen. Zoals Satan aanbidding. Of een zelfmoordcultus. Het was een boek dat ik weigerde te openen. Ik las zelfs de achterkant niet!

Maar plotseling sprak een van mijn beste vriendinnen er casual over, alsof het gewoon een ander evenement was, en dat veranderde alles.

Ik kon er niet mee stoppen eraan te denken. Het kostte me tien dagen om de moed op te bouwen, ook al wist ik vanaf het moment dat ik erover hoorde dat ik wilde deelnemen, maar ik belde Sasha en vertelde haar dat ik wilde gaan.

'Ik doe niet mee,' waarschuwde ze me. 'Maxim zei over zijn lijk. Hij zou me niet delen. Maar we gaan kijken. Wil je met ons meekomen om te kijken?'

'Nee.' Ik kon niet geloven dat ik het zei. 'Ik wil, uhm, spelen, d-deelnemen. Hoe je het ook noemt.'

Sasha lachte. 'Ik denk dat *spelen* juist is. Oké, ik zal uitzoeken hoe je binnen kunt komen. Onze huisgenoot Pavel gaat deelnemen. Hij zal het weten.'

Ik herinnerde me Pavel van Sasha's bruiloft in Ibiza. Hij was niet charmant zoals Maxim. Hij was somber en gevaarlijk. Aantrekkelijk op een dodelijke manier.

Dus zorgde ze ervoor dat ik me kon inschrijven, en ik denk dat Maxim misschien aan wat touwtjes heeft getrokken bij iemand die hij kent die lid is van de exclusieve club, en ik werd geselecteerd.

Ik ben nerveuzer en meer opgewonden dan voor de openingsavond van een toneelstuk.

Ik neem een snelle douche om het zweet en de oude make-up af te wassen. Als ik naar buiten kom, heeft Sasha haar koffer open op mijn bed liggen en staat ze in haar string en push-up bh make-up op te doen voor mijn kaptafelspiegel.

Ik glimlach omdat het voelt als vroeger. Toen Sasha terug verhuisde naar Rusland, vonden we een nieuwe huisgenoot -

Kimberly - en zij is geweldig, maar Sasha was echt de hartslag van het huis.

Ze is onverschrokken en leuk - de rijke dochter zijn van een controlerende maffiabaas leerde haar hoe ze een situatie in haar voordeel kon laten werken. Wanneer we met z'n vieren uitgingen, kwamen we clubs binnen, kregen we gratis drankjes en voelden we ons over het algemeen onoverwinnelijk. We volgden onze dromen zonder onszelf al te serieus te nemen. Zelfs nu, elke keer als ik auditie ga doen voor een rol, kanaliseer ik doelbewust Sasha's vertrouwen. Het is een andere rol die ik speel - eentje die deuren opent.

Ik zou nooit naar dit evenement gaan zonder haar, en haar hier hebben maakt me moedig.

Ik trek de outfit aan die ik had gepland - een soort variatie op een Playboy bunny. Netkousen tot aan de dij. Een satijnen zwarte slipje met een uitsnijding aan de achterkant om de bovenkant van mijn billen te laten zien. Een lichtroze met zwart gestreept korset.

'O verdorie, meid. Je ziet er *heet* uit,' spint Sasha.

Ik kauw op de binnenkant van mijn wang, onzeker.

Sasha port me met haar elleboog. 'Stop daarmee. Onthoud, het zijn niet de kleren, het is hoe je ze draagt. Je kunt alles aan als je er zelf in gelooft.'

Ik haal diep adem, hopend dat ik met wat van die zuurstof een vleugje van Sasha's zelfvertrouwen krijg. Ik kijk in de spiegel en hef mijn kin, net doen alsof, totdat ik erbij neerval.

'Vergeet het publiek of je mysterieuze partner, vind *jij* hoe je eruitziet leuk?' vraagt Sasha.

Vind ik dat? Ik kijk kritisch in de spiegel. Ik draag het echter niet voor mezelf. Ik draag het voor hem. Welke hem het ook zal zijn. Want dat is wat heet voor mij is - een man behagen. Ik ben altijd al het type geweest dat smelt voor professoren, regisseurs, bazen. De mannen met autoriteit maken mijn knieën zwak.

'Voel je je sexy? Dat is het enige wat telt.'

Ik stel me voor dat zo'n man me bij de elleboog neemt en me een scherp bevel geeft. Dat ik gehoorzaam. Zijn tevredenheid terwijl hij met zijn blik over me heen glijdt. Mijn tepels worden hard.

Ik knik. 'Ja. Ik voel me sexy.'

'Goed. Wat doe je met je haar?'

'Ik weet het niet. Staartjes?'

Sasha schudt haar hoofd. 'Nee. Krullen. Zodat hij aan je haar kan trekken.' Ze knipoogt en zet mijn krultang aan.

Mijn gedachten maken een salto met dat beeld. 'O mijn God, trekt Maxim aan je haar?'

Sasha's grijns is ondeugend. 'Als een *baas*.'

'En vind je dat leuk? Ik bedoel, maakt het je niet boos?'

'Het maakt me boos, maar het maakt me ook nat. Elke keer. Hij trekt mijn hoofd naar achteren, en dan laat hij zachte kusjes langs mijn nek glijden. Plezier met de pijn.'

Mijn binnenste wordt vloeibaar. Rillerig.

O God, ik ben zo opgewonden over mijn inwijding in deze wereld.

Ik wil haar meer vragen, maar ik ben verlegen. 'Dus, uhm... wat doet hij nog meer?'

Ze werpt me een blik toe van onder haar wimpers. 'Alles. Hij is een duivel.' Ik denk aan alles wat zwijmelig is aan haar echtgenoot. Hij is angstaanjagend - bedekt met tatoeages die zijn betrokkenheid bij de Russische maffia aangeven - en hij is bezitterig over Sasha, maar ook zo toegeeflijk. Zijn gezicht wordt zacht als hij naar haar kijkt.

Mijn hart klopt sneller. Ik wil ook een Russische duivel.

Sasha maakt haar make-up af en trekt het voorste deel van haar lange rode haar in een Ariana Grande-knot bovenop haar hoofd, de staart ervan stroomt naar beneden met de rest van haar lange, dikke haar.

Ze wijst naar de stoel voor mijn kaptafel. 'Ga zitten.'

Ik ga zitten en laat haar mijn haar krullen terwijl ik de basis van mijn make-up aanbreng. Als ze klaar is met mijn haar, doet ze de rest van mijn make-up op, waardoor mijn ogen er op de een of andere manier twee keer zo groot uitzien zonder er zwaar opgemaakt uit te zien.

'Heb je honger? We moeten iets eten voordat we gaan.' Sasha wurmt zich in een zwarte bustierjurk.

'Ja, we moeten zeker taco's gaan halen terwijl we er zo uitzien.'

Ze lacht. 'We kunnen wat bestellen. Hoe laat is het?' Ze kijkt op haar telefoon. 'Verdomme! Ik denk niet dat we tijd hebben. We moeten nu vertrekken voor het geval er verkeer is.' Ze trekt een paar dijhoge leren laarzen aan met hakken van zeven centimeter.

Ik duw mijn voeten in een paar zwarte stiletto's, mijn arme voetbogen schreeuwen het uit na al de hele dag hakken te hebben gedragen.

'Hoe ben je hier gekomen? Wil je dat ik rijd?'

'Er zou buiten een auto moeten wachten. Maxim was chagrijnig over dat we alleen zouden gaan, maar ik denk dat hij een Russische diplomaat moest gaan hielenlikken die vanavond ook gaat. De auto en chauffeur waren zijn oplossing.'

Sasha ritst haar koffer dicht, en we trekken allebei lange jassen aan om onze outfits te verbergen als we naar buiten gaan.

We roepen onze huisgenoten gedag en struinen naar buiten om de Lincoln Towncar te vinden die bij de stoeprand wacht.

'Ik kan niet geloven dat ik dit echt doe,' mompel ik.

'Kayla,' zegt Sasha nadat we allebei op de achterbank zijn

geklommen. 'Dit is voor jou - niet voor iemand anders. Ga er niet heen om te presteren. Laat hem voor jou presteren.'

'Maar ik ben de onderdanige.'

'Ja, en jouw taak is eenvoudig. Jij ontvangt - hij levert. Je bent er echter niet voor hem. Je bent er voor jezelf. Onthoud dat. Uiteindelijk draait het allemaal om jouw bevrediging. Je gaat deze man niet weer zien. Ga erin met de intentie om te krijgen wat jij uit dit wilt halen.'

Ik leun mijn hoofd achterover tegen de stoel, mijn oogleden fladderen van verlangen en verwarring.

Ik ben meestal geen meisje voor onenightstands. Ik ben het type dat zich hecht. Onmiddellijk. Het is een probleem. Het is waarschijnlijk waarom ik geen vriendje heb. Ik jaag ze weg.

Maar ik kan dit.

Zoals Sasha zei - het is voor mij, niet voor hem.

Ik moet mezelf daar gewoon aan blijven herinneren.

# HOOFDSTUK 2

*Pavel*

VALDEMAR STAAT EROP dat we bij de exclusieve BDSM-club in Beverly Hills aankomen zodra die opengaat. Hij is lid van Black Light East, de zusterclub in D.C., maar wilde om een of andere reden dit jaar het West Coast-evenement bijwonen. Ik heb al een geheimhoudingsverklaring en contract ondertekend om deel te nemen, maar Maxim maakt zijn papierwerk af, en we krijgen de instructie om alle digitale apparaten in de kleedkamer achter te laten.

Ik neem de sporttas met speeltjes en hulpmiddelen mee die ik van plan ben te gebruiken op mijn onderdanige. We maken een verkennende rondleiding om ons te oriënteren. We bevinden ons in een miljoenen residentie, onder een chique nachtclub genaamd Runway. Alles is prachtig ingericht en doordacht ontworpen voor zowel comfort als seksuele activiteiten. Comfortabele lounge plaatsen, tafels, zithoeken en een bar. In de verre linkerhoek verheft zich een klein podium en, meest verrassend, rechts een zwembad, bubbelbad en sauna. Aan één kant van de club zijn er privé afkoelruimtes, en achterin zie ik een kinderkamer voor leeftijdsspelletjes, een medisch kantoor voor doktertje spelen en – mijn persoonlijke favoriet – een martelkamer.

Bij de bar leun ik op mijn ellebogen en neem de mensen hier op. Valdemar koopt voor mij en Maxim een rondje Beluga Noble wodka, en we nestelen ons in zitplaatsen op een paar banken.

'Dus, weet een brigadier wat hij doet op een hoogwaardige plek als deze?' vraagt hij. Het is nog een niet-zo-subtiele klacht dat Maxim niet met hem in plaats van mij deelneemt. Ik sta niet hoog genoeg in onze organisatie om Valdemars ego te strelen.

Ik geef een stille knik en probeer mijn irritatie te onderdrukken. Valdemar is een prater. Maxim heeft hem het grootste deel van de avond afgehandeld, en ik zou liever hebben dat hij dat blijft doen. Het slijmen bij ambassade-idioten is niet mijn ding. Ik ben meer de man die je stuurt om iemand te bedreigen.

'Heb je eerder een vrouw met de zweep geslagen?'

Ik weersta de neiging om mijn hoofd in mijn handen te laten zakken en te kreunen. Moeten we echt met hem hier zitten en dit bespreken? Hoe lang nog voordat ik zijn pompeuze dikke kont kan dumpen en een vrouw kan laten schreeuwen?

Ik weet niet precies waarom Valdemar graag een bratva-broeder aan zijn zijde heeft bij deze evenementen. Ik denk dat hij een stoer uitziende kompaan nodig heeft om zijn lul hard te maken. Misschien leent hij zijn alfa mannelijke status van ons. Een deel van mij denkt dat hij stiekem een bottom wil zijn, maar dat nog niet aan zichzelf heeft toegegeven.

Dat zijn allemaal termen die ik nu goed ken, na de levensstijl grondig te hebben onderzocht. *Top. Bottom.* Andere nuances dan *dominant* en *onderdanig.*

Maxim houdt zich cool en doet zijn deel door small talk te maken met Valdemar, maar ik merk dat hij blijft kijken naar de ingang, wachtend tot zijn lieftallige vrouw arriveert. God help ons allemaal als Valdemar vanavond iets respectloos zegt of probeert Sasha aan te raken. Onze *pakhan* heeft me gewaarschuwd om dat niet te laten gebeuren.

'Heb je dat, Pavel?' dringt Valdemar aan wanneer ik zijn vraag negeer.

'Martelen is mijn specialiteit,' vertel ik hem. Ik heb het afgelopen jaar een half dozijn scènes gehad, maar ik ga die zeker niet voor hem opdreunen om te beoordelen.

'Het is niet hetzelfde,' houdt Valdemar vol, en hoewel ik weet dat hij gelijk heeft, wil ik zijn tanden inslaan. Alsof ik die pauw nodig heb om me vanavond instructies te geven. God help mij, als hij vanavond aan mijn elleboog staat om me te coachen, wurg ik de man.

Gelukkig word ik gered van een lezing wanneer Maxim overeind schiet. Sasha loopt met grote passen naar ons toe met een kleine blonde fee naast haar die eruitziet alsof ze rechtstreeks uit de Playboy Mansion komt. Ik herken haar van de bruiloft op Ibiza, maar ik negeerde haar toen en ik ben van plan dat vanavond weer te doen.

Als ik het type was dat met de ogen rolt, zou ik dat nu zeker doen. Sasha's kleine vriendin lijkt te denken dat ze een soort studentenfeestje bijwoont. Ik ga me kapot lachen de eerste keer dat er vanavond een zweep over haar kont gaat en ze om haar moeder schreeuwt.

Zeggen dat ze mijn type niet is, zou een understatement zijn. Ze is veel te braaf. Schattig. En waarschijnlijk verwend. Ze lijkt me een handvol.

Maxim grijpt bezitterig naar Sasha's taille, grijpt haar haar vast als hij haar begroet met een kus en neemt veel te lang de tijd met zijn privé begroeting voordat hij haar aan Valdemar voorstelt.

'Dit is mijn voormalige huisgenote Kayla,' zegt Sasha tegen mij en Valdemar. 'Maar ze gaat vanavond onder de naam Kiki. Kiki, je herinnert je Pavel, en dit is Valdemar.'

Bij nadere inspectie zie ik dat alles aan de huisgenote Hollywood-perfect is, behalve haar kleine gestalte. Ze heeft blond haar dat in zachte golven over haar rug valt, grote blauwe ogen en een kuiltje in het midden van haar kin. Ze is slank maar heeft toch borsten, en haar benen zijn perfect geproportioneerd bij de smalle taille.

Ik haat perfectie.

Sterker nog, het idee om small talk te maken met dit aanstootgevende schepsel naast Valdemar maakt me misselijk.

Ik draai me om en loop weg.

Ik weet dat het onbeleefd is, maar ik ben een Dom. Ik ben hier niet om aardig te zijn. Ik ben hier zeker niet om de studievriendin van mijn suite genoot te vermaken. Haar beledigen is waarschijnlijk haar een gunst bewijzen. Want ze gaat een ruwe ontwaking krijgen wanneer een van de doms hier zijn handen op haar legt.

Wreed om lief te zijn, toch?

Ik weet zonder om te kijken dat ik haar heb beledigd.

Mogelijk zelfs verwond.

Ik verhard mijn ziel om er niet aan te denken.

Kayla Hotpants is niet mijn probleem.

\* \* \*

*KAYLA*

WAT DE HEL?

Heb ik iets verkeerd gedaan? Pavel liep gewoon weg nadat hij me minachtend had opgenomen.

Ik wil mijn warme blos van schaamte wegdrukken terwijl ik naar zijn rug kijk. Hij is sexy op die stoute-jongen-manier. Brede schouders, gespierde armen. Hij ziet er scherp uit in een designer overhemd. Hij heeft zand blond haar en stormachtige grijze ogen. De tattoos zijn zichtbaar onder zijn manchetten en kraag, net als bij Sasha's man.

'Negeer hem.' Sasha raakt mijn arm aan. 'Hij gedraagt zich gewoon als een klootzak. Probeert waarschijnlijk in dommodus te komen.'

Ik slik, vlinders fladderen in mijn buik met de wetenschap dat binnen het volgende uur een dom in deze club de leiding over mij zal nemen. Mijn ogen gaan terug naar Pavels rug. Ik zou niet moeten willen dat hij het is.

Hij is de laatste man op wie ik zou moeten hopen. Hij vond me duidelijk niet aantrekkelijk. We zouden een verschrikkelijke match zijn.

Toch ben ik als de kat in de kamer die de enige persoon vindt die katten haat en op hun schoot springt. Ik voel me tot de man aangetrokken als metaal tot een magneet, het verlangen naar zijn goedkeuring brandt nu in het centrum van mijn wezen.

Misschien komt het omdat ik wil wat Sasha heeft – haar bezitterige, beschermende Russische echtgenoot die naar haar kijkt alsof ze de zon zelf is. En niet op de manier alsof hij haar verheerlijkt heeft. Sommige mensen doen dat in relaties – maken van hun partner een symbool voor iets dat ze denken te willen of nodig te hebben zonder de persoon echt te zien.

Zoals precies wat ik nu met Pavel doe. Ik ken de man totaal niet, en hier ben ik, hem veranderen in iets waar ik naar smacht.

Ik schud mijn handen alsof ik mijn verlangens wil afwerpen.

'Zenuwachtig?' vraagt Sasha.

'Ja,' geef ik toe.

'Maak je geen zorgen. Je bent hier veilig. Herinner je je de stopwoorden?'

'Ik ga geen stopwoord gebruiken,' vertel ik haar. 'Ik wil die gratis maandpas winnen.' Elk koppel dat de hele avond doorkomt, krijgt een maandpas voor Black Light, ter waarde van vijfentwintighonderd dollar. Dit mag dan mijn eerste kennismaking zijn hier, maar ik hoop mijn moed bij elkaar te rapen en terug te komen, zelfs zonder Sasha.

'Nou, daar is niets mis mee, weet je. Gebruik geel zo vaak als je nodig hebt. Onthoud dat je hier voor jezelf bent.'

Juist. Hier voor mezelf. Niet om een ongeïnteresseerde stoute jongen te imponeren die mijn hart simpelweg doet bonzen door er eng uit te zien.

'Goedenavond en fijne Valentijnsdag. Wie is er klaar om te beginnen?' Een versterkte vrouwenstem vult het theater.

'Oh!' Ik zuig een doodsbange adem naar binnen. 'Ik moet gaan.'

'Breek een been,' fluistert Sasha en knijpt in mijn hand, precies zoals ze vroeger deed toen we backstage waren bij USC.

Ik loop snel naar de zijkant van het podium waar deelnemers verzameld zijn. Ook al kijk ik niet naar hem, mijn lichaamskompas weet precies waar Pavel staat, zijn goed geklede nonchalante houding maakt hem de meest zondige man op deze plek.

Op het podium verwelkomt de spelleidster, Madison, een mooie vrouw in sexy laarzen, het publiek. '...voor alle Roulette-maagden daar – maak je klaar. Vanavond wordt spannend, vermakelijk, en helemaal HEET!'

Ik wiebel op mijn hakken, mijn pols gaat als een razende.

Ze legt de regels uit, en roept dan de doms het podium op om ijsstokjes te trekken om te zien wie als eerste gooit. Als ik toevallig de zeer fijne kont van een bepaalde Russische dom opmerk, is dat niet mijn schuld, toch? Ik bedoel, ze staan met hun rug naar me toe. Het is natuurlijk om naar te kijken.

De diplomaat, Valdemar, buigt zich naar voren en mompelt iets in zijn oor, maar Pavel glimlacht niet of erkent zelfs niet wat de man ook gezegd heeft. Misschien had Sasha gelijk – hij komt in dom-modus. Hij kan normaal gesproken niet zo koud zijn, anders zou ze iets gezegd hebben. Ze leek perfect comfortabel en warm naar hem toe.

*Oké, stop met kijken naar de kont van de Rus.* Er zijn andere doms hier. De kans dat ik word gekoppeld aan de Rus is... eh, oh jee, ik weet het niet! Ik heb theater gestudeerd, geen wiskunde.

'Onze eerste dom zal nu de bal opgooien om zijn onderdanige te ontmoeten.' Ik houd mijn adem in en kijk toe terwijl een lange man met zwart haar zijn bal in het draaiende wiel gooit. Hij wordt gekoppeld aan een slanke roodharige.

'Als volgende hebben we Meester Pavel.'

Oh. Ik sta stil en kijk toe hoe hij zijn bal gooit, die danst en hopt in het draaiende wiel tot hij tot rust komt.

'Hij wordt gekoppeld aan de onderdanige Kiki.'

Ik struikel naar voren, mijn hoofd tolt. Ik ben half in ongeloof, half zelfvoldaan dat ik gekoppeld ben aan de man die ik wilde, hoewel waarom ik hem wilde is onduidelijk. Hij kijkt me aan terwijl ik naderbij kom, zijn uitdrukking vlak en onmogelijk te lezen. De grijze ogen bestuderen me. Hij is niet onbewogen, maar hij toont niet wat er achter die koude blik zit.

'Kiki, geef het wiel een draai voor je eerste activiteit,' instrueert Madison me.

Ik draai aan het wiel en gooi mijn bal. Die stuitert en komt in een groef terecht.

'Ze is op *vernedering* terechtgekomen.'

Eh, wow. Dat lijkt zowel gemakkelijk als angstaanjagend.

Pavel zegt niets, maar op de een of andere manier voel ik afkeuring van hem. De pleaser in mij wordt nerveus, en ik voel de behoefte harder te werken om te bewijzen dat ik goed genoeg ben. Maar Sasha's woorden komen bij me terug.

*Dit is voor jou.*

Juist. Ik ben aan het optreden, maar het uiteindelijke doel is niet om mijn partner of het publiek voor me te winnen. Het is om de ervaring te krijgen waar ik op hoopte toen ik me inschreef.

Om mijn fantasieën vervuld te krijgen.

Dus hef ik mijn kin en werp Pavel een uitdagende blik toe.

De hoeken van zijn lippen gaan een fractie omhoog. Blijkbaar houdt hij van een uitdaging.

Een niet-onderdanige onderdanige.

Oké, die rol kan ik spelen.

Pavel pakt mijn elleboog op een gezaghebbende manier vast en leidt me van het podium om naast het eerste koppel te staan terwijl we wachten tot de rest van de koppels gemaakt zijn. Ik positioneer me tegenover hem, kantel mijn hoofd naar achteren om opnieuw die uitdagende blik te bieden.

Zijn vingers sluiten zich onmiddellijk om mijn keel, en hij knijpt – niet genoeg om mijn adem te stoppen, maar bijna. 'Je had vanavond niet moeten komen, bloesem.' Hij sluit zijn vingers helemaal voor een fractie van een seconde en ontspant dan zijn greep.

'Ik dacht dat klaarkomen het doel was?'

Dit levert me een echte grijns op – een boosaardige, wilde grijns. Ik had gelijk – hij verwelkomt het tegenspreken.

'*Njet.* Je had niet moeten komen. Iemand gaat je bloemblaadjes verbrijzelen, kleine bloem.' Ik vind zijn accent sexy. Hij klinkt als de slechterik in een spionagefilm, en ik val altijd voor de slechterik.

'Is die iemand jij?' vraag ik, mijn stem klinkt heeser dan ik verwacht.

Hij laat mijn nek los en kijkt weg, alsof ik geen antwoord of zijn voortdurende aandacht waard ben.

Ooooké. Misschien is dit onderdeel van een dominant hersenspelletje. Hij probeert me uit balans te brengen. Of misschien mag hij me echt niet.

Maar dan hoor ik hem mompelen: 'Je gaat pijn lijden.'

Ik duw mijn tieten naar voren, ook al kijkt hij nog steeds weg. 'Daarom ben ik hier.' Als hij denkt dat ik bang ben voor pijn, heeft hij het mis.

Ik zou vanavond geen hakken onder mijn voeten hebben gedaan als ik geen masochist was. Ik zou de afgelopen zes weken niet elk boek en elke blog over BDSM hebben gelezen als ik niet het idee geweldig vond dat een man me pijn doet voor zijn plezier.

Ik heb altijd geweten dat ik deze neiging had. Sasha adviseerde me eens een geweldige pijpbeurt te geven als ik mezelf op een casting-bank zou bevinden in plaats van een regisseur te laten doen wat hij met me wilde, maar ik twijfelde of ik, als de situatie zich voordeed, iets anders zou doen dan me volledig overgeven. Onderwerping maakt deel uit van mijn bedrading.

Ik heb gewoon nog niet de kans gehad om het echt aan te bieden tot vanavond.

Pavel draait zich weer om en laat een koude blik over mijn lichaam gaan, van boven naar beneden en weer terug. 'We zullen zien hoe lang je het volhoudt,' zegt hij.

Ik zet een heup naar voren. 'Wil je dat ik *rood* roep?'

Nog een ondoorgrondelijke blik.

'Nee,' zegt hij uiteindelijk, maar hij spuugt het woord uit alsof het vies smaakt.

Hij mag me niet.

Dat is oké – hij zal me wel mogen. Zodra hij merkt dat ik

alles kan verdragen wat hij uitdeelt, hij zal onder de indruk zijn van me.

En dat wordt mijn plezier. De manier waarop ik dit voor mij maak, niet voor hem. Het is een subtiel verschil. Het ziet er van buitenaf waarschijnlijk hetzelfde uit, maar Sasha's peptalk heeft echt geholpen. Want ik weet dat mijn voldoening zal komen van mijn overgave. Zijn goedkeuring zal niet de beloning zijn, het zal het glazuur op de taart zijn.

# HOOFDSTUK 3

*Pavel*

BLYAT. Ik kan niet geloven dat ik de huisgenote kreeg. Het perfecte, brave, ongebroken, delicate ding dat Sasha met zich mee heeft gebracht.

Dit is verdomde klote.

Ik wilde een onderdanige die ik met moeite kon breken. Een vrouw met gelaagde dieptes van kwelling. Beschadigd, zoals ik.

Ik wilde hier niet zijn met Amerika's Fucking Lieveling.

Mijn lip krult in een grauw terwijl ik het meisje opneem. Mijn vingerafdrukken steken rood af op haar bleke, delicate keel. Ze is klein, maar goed geproportioneerd met een slanke, welgevormde figuur. Schattig als een poppetje, als je van dat soort dingen houdt.

Ik niet. Ik heb liever een vrouw met wat vlees op haar botten. Eentje die er niet uitziet alsof ik zonder enige moeite haar arm zou kunnen breken. Eentje die er niet uitziet alsof ze een frigide preuts kutje in bed zou zijn.

Ik kijk haar uitdagend aan terwijl al mijn fantasieën voor de avond afbrokkelen en als een hoopje stof op de grond vallen.

*Vernedering* was haar eerste draai. Hoe basaal en saai is dat?

Ze doet alsof ze niet nerveus is en richt haar aandacht op de andere koppels terwijl de koppelvorming en activiteitsdraaiingen één voor één plaatsvinden. Eindelijk, wanneer de laatste koppelvorming compleet is, roept iemand in het publiek: 'Laten we gaan!'

'Je hebt gelijk,' zegt de ceremoniemeester. 'Het is tijd voor onze deelnemers om te gaan en Valentine Roulette te starten! Veel succes!'

Ik neem Kayla - ik ga haar niet Kiki noemen, dat is belachelijk - bruusk bij haar elleboog en leidt haar naar waar ik mijn sporttas met speeltjes heb achtergelaten. Ik kijk rond en overweeg waar ik haar naartoe zal brengen. Maxim en Sasha kijken ons vanaf hun stoelen aan. In hun buurt zijn is het laatste wat ik wil, maar Kayla kwam wel op vernedering terecht. Misschien zou het zien van haar onderwerping door haar vriendin de vernedering versterken.

Maar nee. Ik wil die twee niet over mijn schouder hebben meekijken of me beoordelen. Ik had mezelf hier voorgesteld met een publiek, maar niet op die manier.

In plaats daarvan baan ik me een weg door het bargedeelte en naar het grote speelgebied waar ik een afgelegen zithoek in de hoek uitkies. Zodra ik op de bank zit, trek ik Kayla over mijn schoot en begin hard te spanken.

Ze knijpt haar strakke kleine billen samen en trapt haar hoge hakken omhoog.

'Voeten naar beneden,' beveel ik, zonder te stoppen met spanken.

Ze gehoorzaamt onmiddellijk. Ik kan niet beslissen of dat me verrast of niet. Ze had wel iets weg van een stille muis, maar ik dacht dat dat meer door haar goede opvoeding kwam dan door haar persoonlijkheid.

Ze strekt haar benen, kruist ze en knijpt ze samen alsof ze opgewonden is terwijl ze stuitert en op mijn schoot rijdt met elke weergalmende klap. Voordat ze de kans heeft om aan de pijn te wennen en te wennen aan haar nieuwe realiteit, stop ik en duw haar van mijn schoot op de vloer.

'Kniel.'

Ze schiet in positie, knielend aan mijn voeten met haar hoofd naar beneden, een gordijn van blonde golven die haar gezicht verbergen.

Ik besluit dat ik *wel* verrast ben. Ik had geen totale gehoorzaamheid van haar verwacht. Ik dacht dat ze meer het pruilerig type zou zijn. Rommelig en een pain in my ass.

Tot nu toe heeft ze me ongelijk bewezen.

Ik plaats een knokkel onder haar kin en til deze op om haar gezichtsuitdrukking te bestuderen. Haar gezicht is rood, haar ogen helder met opgekropte tranen. Er zit een trilling in haar kin.

'Waar was dat voor?' Haar stem is ademloos en gekwetst.

'Dat was voor mij,' informeer ik haar. 'Ik heb geen reden nodig om je te spanken, bloesem. Je bent mijn onderdanige. Als ik je over mijn schoot wil met je kont roodgloeiend, dan is dat waar je zult zijn.'

Dat nieuws lijkt haar te kalmeren. De glans in haar ogen verdwijnt en haar schouders zakken een fractie.

Interessant.

Dus ze is een pleaser. Ik wil dat niet leuk vinden, maar doe het wel. Voor het eerst sinds we gekoppeld zijn, krijgt mijn lul het te kwaad.

'Spreid je knieën.'

Ze houdt haar blik op mijn gezicht gericht terwijl ze haar dijen spreid. Het is verdomd moeilijk om er niet door geraakt te worden. Ik reik naar beneden en glijd met een vinger onder het kruis van haar slipje. Om de een of andere reden ben ik er nog steeds van overtuigd dat ze frigide is. Dat ze het type meisje is dat haar vriendje elke avond nee vertelt omdat ze haar haar niet in de war wil brengen. Dat ze niet het soort meisje is dat je neer kunt houden en kunt intimideren met elke basale begeerte die door je hoofd kruipt.

Ow, fuck.

Ze is nat.

*Zeiknat.*

De Amerikaanse prinses hield van haar spanking. Of van onrespectvol behandeld worden. Ze houdt van vernedering en pijn.

Mijn lul stoot tegen mijn rits, waardoor mijn broek veel te strak wordt.

Ik rijg haar bustier los en trek het uit, en gooi het op de grond alsof het haar niet minstens honderd euro heeft gekost.

Er gaat een siddering door haar heen, maar ze blijft stil. Haar tieten zijn niet klein, maar wel schattig en stevig, met tepels die naar het plafond zijn gericht. Misschien een B cup - ik weet het niet. Ik streel de zijkant van één, en knijp dan in haar tepel. Ik geef er een tik tegen. Er is niet veel vlees om tegen te slaan, maar het stuitert nog steeds, dus ga ik door, kleine tikjes rond de zijkant en onderkant en dan nog een kneep. Ik geef haar andere borst dezelfde behandeling, terwijl ik haar ademhaling korter zie worden, en de op en neer beweging van haar borstkas maakt het gemakkelijk om bij te houden.

Ik reik in mijn tas naar tepelklemmen. Ik heb een paar alligator klemmen - geen kettingen. Ik hou niet van dingen die in de weg zitten.

Ik knijp en rol haar linker tepel tot deze langer wordt, en bevestig dan de klem. Haar ogen worden groot en ze hapt naar adem. Haar knieën klikken weer tegen elkaar aan.

'Leg je handen op je hoofd en open die dijen,' snauw ik, alsof ik ontevreden ben.

Haar handen vliegen naar haar hoofd en de knieën openen zich zo wijd dat ik denk dat ze wel een gymnaste moet zijn geweest.

Ik sla op haar kutje, een handeling die niet zo bevredigend is als het zou zijn als haar slipje weg was. Ik geef het nog een tik. 'Laat me het je niet nog een keer zeggen,' waarschuw ik. Wanneer ik met mijn vingertoppen onder haar slipje glijd, merk ik dat ze doorweekt is. Haar nectar is overal, glad en warm.

Haar blik is wild, op mijn gezicht gericht, ze kijkt alsof haar leven van mijn genot afhangt.

Fuck, ze *is* aangenaam. Ik krijg een bedwelmende rush van endorfinen door de macht die ze me heeft gegeven. Meer dan ik met elke andere partner heb gehad. Veel meer dan ik krijg door het inslaan van schedels.

Ik beloon haar met een snelle cirkel rond haar clitoris, waarbij ik het knopje plaag om het te laten zwellen.

Haar lippen gaan uit elkaar.

'Stoute meid,' mompel ik, maar mijn stem is fluweel, en mijn liefkozing is voor het moment teder. Fuck, ik mag haar stoute kant wel. Ondeugend en behoeftig en zo verdomd wanhopig om te behagen.

'Het spijt me.' Haar verontschuldiging komt haastig. '...Meester.' Er zit een aarzeling in de manier waarop ze de titel uitprobeert.

Ik geef een kort knikje ter bevestiging. 'Ik *ben* je meester.' Ik haal mijn vingers uit haar slipje en sla haar kutje over haar slipje heen.

Het kleine *uch* dat van haar lippen komt klinkt verlangend.

Ik knijp in haar tepel en trek hem strak, en bevestig dan de andere klem erop. Ze hapt naar adem van de pijn en haar dijen rukken naar binnen, maar ze vangt zichzelf op en opent ze weer, hijgend. Haar ogen zijn een beetje waterig, en ze knippert snel.

'Wil je ook een klem op die clitoris, bloesem?'

Ze schudt snel haar hoofd en vergrendelt haar blauwe blik op de mijne. Het hoofdschudden vertraagt alsof ze niet zeker weet of ze *nee* zou moeten zeggen en mijn gezicht afspeurt naar een indicatie.

'Wees dan niet weer ongehoorzaam. Je blijft in de positie waarin ik je zet totdat ik zeg dat je kunt bewegen. Begrepen?'

Een snelle knik.

Fuck, ze is schattig. Nog steeds niet mijn type, maar ze groeit zeker op me.

Ik pak haar pols bovenop haar hoofd en geef er een lichte ruk aan. 'Sta op en trek je slipje naar beneden.'

Ik houd haar onderarm vast om te helpen terwijl ze wankel op haar hakken gaat staan. Ze begint haar slipje uit te doen.

'Ik zei *omlaag*, niet uit.'

Ze bevriest. Trekt ze weer naar boven tot boven haar knieën, schikt ze en kijkt naar me voor goedkeuring.

'Precies zo,' zeg ik wanneer ze het slipje op haar dijbeen heeft. 'Je landde op vernedering, dus slipje omlaag voor nu, hoewel het er binnenkort helemaal uit zal gaan.'

Ze waggelt op haar hakken. Ik gok dat haar knieën trillen.

'Kom.' Ik trek haar over mijn schoot. Ze zuigt lucht in wanneer haar geklemde tieten de bank raken, kreunend en zich aanpassend.

Ze is naakt tot aan de bovenkant van haar kousen. Haar huid is bleek, geen gebruindheid, geen tattoos. Nogmaals, perfect is niet mijn ding.

Ik haal een leren mepper uit mijn tas en sla op elk van haar dijen ermee. Ze hapt naar adem, schokkend over mijn dijen.

'Sorry,' hijgt ze, wat schattig is omdat het geen straf is. 'Ik bedoel...' Ze houdt haar mond omdat er natuurlijk niets is voor haar om te zeggen.

Ik spank haar met de mepper, gericht op waar ze zit, waarbij ik beide billen in één klap raak. Ze knijpt haar kleine kontje strak omhoog. Ik voer het tempo op, en sla hard en snel, haar vasthoudend met een stevige arm rond haar middel terwijl ze rolt en wiebelt. Ze laat kleine kreetjes horen, maar geen protest. Ik weet dat het pijn doet. Dit niveau van spanking zou een opwarming kunnen zijn voor een ervaren pain-slut, maar ik ben er vrij zeker van dat Kayla's kont onbeproefd is. In alle opzichten. Gezien hoeveel gefriemel en gehijg ze doet, heb ik het gevoel dat ze hard werkt om het niet te verliezen. Verdomme, ze huilde bijna van een paar tikken van mijn handpalm eerder.

Het is oké. Ik ben van plan om haar een tijdje met haar gezicht naar beneden te houden. Ze hoeft het niet bij elkaar te houden voor mij of iemand anders. Ik vind dat de onder-werping positie rijp is voor een vernederend spel. Het is jammer dat we elektronica in de kleedkamer moesten achterlaten, want na haar spanking zou het perfect zijn om een telefoontje te plegen en haar met haar gezicht naar beneden te laten wachten alsof ze niets meer is dan een speeltje.

Wat ze ook is.

Ik stop wanneer ik voel dat ze in paniek begint te raken, te oordelen aan de manier waarop ze haar hoofd blijft optil-len. Ik wil niet dat ze rood of geel gilt. Ik wil dat ze zich aan mij blijft overgeven.

Ik dompel mijn vingers tussen haar benen. Ze is zo nat dat ik meteen in haar warmte zink, haar vlees opgezwollen en verwelkomend. Ik pomp een paar keer en vind dan haar anus met mijn duim.

Ze knijpt haar kont strakker, haar dijen verstijven op de bank.

Ik maak een berispend geluid. 'Nee, bloesem. Je zult me hier nemen. Je zult me overal nemen waar ik eis. Geen vuist-neuken, echter. Ik herinner me je harde grenzen.'

Ze hijgt en lijkt te werken om haar spieren te overtuigen om te ontspannen. Eerst wordt de ene bil zachter, dan de andere. Ik streel over haar clitoris om haar te belonen. Ze berijdt mijn schoot schattig. De geur van haar opwinding raakt me als een bedwelmend parfum.

Verdorie, dit meisje.

Ik wil mijn lul niet zo hard hebben voor haar. Ze is te perfect en ongeoefend voor de dingen die ik met haar wil doen. Wat me alleen maar meer aan haar laat ergeren.

Ik speel met haar, strelende bewegingen in en uit, wrij-vend over haar clitoris, masserend over haar anus maar nog niet penetrerend. Ik neem mijn tijd. Ik heb geen haast om haar klaar te laten komen. Ook al kan ze het niet zien, ik speel de rol, doe alsof ik verveeld ben en kijk rond in de lounge. Ik zie Valdemar zijn onderdanige door de hoofdclub paraderen in babykleertjes. Hij ziet er absoluut verrukt uit met zichzelf. Het komt bij me op dat een daddy dom zijn hem misschien beter past dan sadisme.

Iemand roept *rood* niet ver van ons vandaan. Er is een kleine opschudding wanneer de kerker monitors ingrijpen om een paniekerige, geblinddoekte en met koptelefoon uitgeruste onderdanige vrij te snijden van plastic folie op een gepolsterde tafel.

Kayla rolt op mijn schoot, opgewonden door het gestage strelen. Ze laat een wellustige kreun horen. Mijn mondhoek tikt omhoog ondanks mezelf. Ik wou dat ze niet zo verdomd schattig was.

Schattig is niets voor mij.

Maar het is moeilijk om deze te blijven haten. Ze is aanbiddelijk.

Ik vind Sasha en Maxim zittend op een bank in het grote speelgebied. En - godverdomme - Sasha zit op haar knieën en geeft Maxim wat eruit ziet als 's werelds beste pijpbeurt.

*Heet.*

Ik ben zowel gefascineerd als weerzinwekkend door het zien van mijn suitegenoten die seks hebben. Ik moet punten geven aan Sasha, die vaak overkomt als een verwend nest. Nu ziet ze eruit als net zo onderdanig als de rest van de bottoms hier, en het maakt me blij om Maxim behandeld te zien als een koning. Ik bedoel, hij is verdomde blij met haar, dus ik nam aan dat hun relatie op een of ander niveau in balans moest zijn, en nu zie ik waar. Ga door, Sasha.

Pak hem, Max.

Mijn lul wordt harder. Binnenkort zal ik mijn onderdanige op haar knieën zetten en dezelfde behandeling eisen.

Ze kreunt weer.

Tijd om haar iets meer te geven. Ik rommel in mijn sporttas naar de buttplugs. Aannemende dat ze een anale maagd is, pak ik de kleinste eruit om mee te beginnen. Ik sla een paar keer op Kayla's kont om haar af te leiden voordat ik mijn aanraking verwijder om beide handen te gebruiken en de plug met ruime hoeveelheid glijmiddel voor te bereiden.

'Klaar voor je kontneukbeurt, bloesem?'

Haar hoofd komt weer omhoog, geschrokken. Haar schattige billen knijpen samen. 'Uhm...'

'Het was een retorische vraag. Je antwoord moet altijd *ja* zijn.'

\* \* \*

*KAYLA*

. . .

29

IK DRAAI ME om over mijn schouder om naar Pavel te kijken, terwijl ik probeer niet helemaal uit mijn dak te flippen.

'Je kunt het aan.' Hij laat me een slanke roestvrijstalen plug zien, die hij met glijmiddel bedekt. 'Hij is klein, net als jij.'

*Ik kan het aan.*

*Ik kan het aan.*

*Ik kan het aan.*

Ik dwing mezelf uit te ademen en leg mijn hoofd weer neer. Het is waarschijnlijk niet erger dan toen mijn gynaecoloog een snel rectaal onderzoek deed.

Pavel tikt op mijn bil. 'Open.'

Hè? Ik kan niet bedenken wat hij bedoelt totdat ik me realiseer dat ik nog steeds het spreekwoordelijke kwartje tussen mijn billen geklemd houd.

Dat is dansers jargon. Ik groeide op met ballet, tapdansen en jazzballet voor mijn theater carrière, en mijn balletlerares uit mijn kindertijd vertelde ons altijd om een kwartje tussen onze billen te klemmen. Ik heb waarschijnlijk de strakste bekkenbodem in het universum.

Dat verandert nu, denk ik.

Het is moeilijk om de krachtige spieren te laten ontspannen, maar uiteindelijk verzacht ik beide billen.

'Beter,' merkt Pavel op. Het is niet echt lof. Hij is behoorlijk gierig met de lof, als je het mij vraagt.

Ik zou nu bijna alles doen voor een *braaf meisje*.

Hij streelt weer tussen mijn benen, waar ik gezwollen en wanhopig ben als de hel. Ik begin me koortsig en dronken van wanhoop te voelen.

'Reik naar achteren en houd je billen voor me open,' beveelt hij.

O allemachtig. Echt? Nou, ik denk dat dit vernederend moet zijn. Hij werkt volop aan die hoek.

Ik reik naar achteren - ugh! Het is verdomde gênant! - en

spreid mijn billen voor hem, mezelf openend voor zijn plundering.

'Braaf meisje.'

De woorden stromen in me als een verzachtende balsem. Eindelijk kreeg ik een *braaf meisje*. Dank u, kindje Jezus. Deze kerel is moeilijk te behagen.

Ik hol mijn onderrug en buig mijn kont naar hem op, nog gretiger voor zijn lof nu.

'Zo is het goed.' Hij raakt mijn anus aan met het bolvormige uiteinde van de plug. Het voelt koel en hard aan.

Ik krimp ineen en dwing mezelf dan weer te ontspannen.

Hij oefent druk uit. Ik verzet me.

'Open, Kayla.' Het is een strenge terechtwijzing, en het feit dat hij mijn echte naam gebruikte - niet *Kiki* of *bloesem*, zijn koosnaam voor mij - maakt dat ik me des te meer berispt voel.

Ik weet niet hoe ik me moet openen of zelfs wat hij bedoelt, maar alleen al het erover denken lijkt de truc te doen, want ik begin te ontspannen, en het moment dat ik dat doe, drukt hij de tip naar binnen. Ik gil van verrassing. Het doet geen pijn, maar het voelt zeker verkeerd, verkeerd op een te-intieme en vieze manier. Ik bedoel, ik had me hier niet op voorbereid. Word je verondersteld eerst te douchen? Of wat is het voor anaal - een klysma?

Eek!

Pavel duwt de plug langzaam naar voren, niet dwingend - meer suggestief. Het probleem is dat de plug breder wordt naarmate hij verder gaat, dus het begint me op te rekken.

'Oeh, au!' Ik krimp ineen en maak me zorgen, mijn enkels kruisen rusteloos.

'*Open*, Kayla.'

'Ik weet niet h-*oe*.' Hij plaatst de plug volledig, en de pijn van het oprekken vermindert. Nu voel ik me gewoon gênant vol - alsof ik moet poepen.

Hij draait en pompt aan de plug.

O.

*O.*

Dat is erotisch.

Zeker wat genot samen met de schaamte. Maar meer genot. Ik begin te hijgen, mijn kutje spant zich om niets. Een extreem behoeftig geluid komt van mijn lippen, en dan kom ik klaar, anus spannend rond de plug, mijn lege kanaal pulserend en trillend.

Pavels vingers graven in mijn haar, en hij tilt mijn hoofd ermee op. 'Kwam je zojuist klaar zonder toestemming?' Hij klinkt pissig.

Mijn kutje spant zich weer. 'O mijn God!' hijg ik. Mijn hersenen zijn verhaspeld door het orgasme. Ik ben heet en zenuwachtig en... god. 'Het spijt me, ik--'

'Ik zei niet dat je mocht klaarkomen.'

'Je zei niet dat ik *niet* mocht klaarkomen,' bied ik hoopvol aan.

'Aw, bloesem. Ik denk dat je beter weet dan dat.' Hij laat mijn haar los. Ik verwacht een harde spanking, maar in plaats daarvan rust zijn hand licht op mijn kont. Hij knijpt er zachtjes in. 'Nietwaar?' Zijn accent is zwaar, zijn stem grommend en diep.

'Ja, Meester,' mompel ik.

'Terug op je knieën,' beveelt hij. 'En trek eerst je slipje uit.'

'Ja, Meester.'

Hij helpt me op te staan. Ik laat het slipje langs mijn benen naar beneden glijden en kniel dan op het industriële tapijt aan zijn voeten.

Hij maakt zijn broek los en schuift naar voren op zijn stoel, zijn knieën spreidend.

Ik lik mijn lippen. Eindelijk iets wat ik weet te doen.

'Laat me zien dat het je spijt, prinses.' Hij bevrijdt zijn

erectie en omklemt het met zijn vuist, en pakt dan de achterkant van mijn hoofd en trekt me naar voren.

Ik ben nog nooit op een lul gedwongen, en het lijkt me ongeduldig en onbeschoft, maar dat is waarschijnlijk allemaal onderdeel van het spel. Ik ben niet degene met de controle, en pijpen is meestal een van die handelingen waar de gever de macht heeft. Hij zorgt ervoor dat ik die niet heb.

Hij duwt zijn lengte tussen mijn lippen, trekt mijn haar weg uit mijn gezicht en draait het achter mijn hoofd. 'Zuig er goed aan, bloesem.'

Ik maak een geluid - mijn versie van 'Dat zal ik doen' met mijn mond vol. Ik zuig hard genoeg om mijn wangen hol te maken en laat mijn tong langs de onderkant van zijn mannelijkheid gaan. Zijn lul is lang en dik en zwaar van verlangen.

'Tik één keer op mijn been voor *geel*, twee keer voor *rood* als je moet,' instrueert hij.

Ik knipper met mijn ogen om te laten zien dat ik het begrijp.

Dus misschien weet ik niet wat te doen anders dan hem alles laten doen omdat hij de beweging van mijn hoofd controleert, deze naar voren trekkend en terugtrekkend aan mijn haar. Hij verstikt me, de eikel van zijn lul stoot tegen de achterkant van mijn keel. Hij is ruw en dominant, draait mijn hoofd opzij om de hoek te veranderen, en recht me dan weer op.

Het is een beetje eng. Soms als ik kokhalzend ben, word ik bang dat ik niet kan ademen, maar ik kan het altijd. Na een tijdje begin ik te vertrouwen dat hij me niet met zijn lul zal verstikken, zelfs al wil hij dat ik denk dat hij dat wel doet.

'Steek je vingers in je kutje,' beveelt hij.

Het duurt een paar tellen voordat de woorden doordringen. Ik werk gewoon hard om me over te geven aan zijn controle, om mijn kokhalsreflex te onderdrukken. Ik breng mijn hand tussen mijn benen. Mijn kutje is ongelooflijk nat -

natter dan ik ooit geweest ben. Twee van mijn vingers zinken er onmiddellijk in. Ik kreun om zijn lengte.

'Zo is het, bloesem. *Nu* wil ik dat je klaarkomt. Kun je jezelf een orgasme bezorgen met mijn lul in je mond?' Hij laat het klinken als een uitdaging. Alsof het iets is waarvan hij betwijfelt of ik het kan bereiken, wat me wanhopig maakt om hem zijn ongelijk te bewijzen.

Het zal niet moeilijk zijn. Ik ben al meer dan opgewonden. De plug in mijn kont zorgt voor constante stimulatie, en de erotiek van mijn positie - van de hele scène - drijft me al gek. Ik wrijf met mijn vingers in mezelf, ook al is dat niet wat ik gewoonlijk doe wanneer ik masturbeer. Maar meestal ben ik niet zo nat en gezwollen. Ik gebruik de palm van mijn hand om tegen mijn clitoris te duwen, wrijvend en pletterend terwijl ik streel met mijn vingers.

Mijn ogen beginnen achterover te rollen in mijn hoofd, mijn wimpers fladderend. Pavel maakt een van mijn tepels los van de klem. Ik kan me op niets focussen - het is genoeg om elke hijgende adem door mijn neus te trekken terwijl ik zo hard zuig als ik kan en mezelf plezier. Pavel maakt de andere tepel ook los van de klem.

Ik schok als ik klaarkom, mijn spieren verkrampen. Ik denk dat ik misschien geschreeuwd heb of geprobeerd heb te schreeuwen. Mijn tepels schreeuwen het uit van vuur terwijl het bloed er weer in stroomt. Het verhoogt mijn orgasme, dat doorgaat en doorgaat, waarbij nieuwe golven komen elke keer dat ik weer over mijn clitoris wrijf.

Pavel is grootmoedig genoeg om te pauzeren totdat ik klaarkom. Hij streelt mijn wang met zijn duim voordat hij weer begint in mijn mond te stoten, zelfs ruwer dan eerst. 'Zo is het goed, bloesem. Braaf meisje,' prijst hij, hoewel zijn bewegingen allesbehalve belonend zijn. Ik kan het raspen van zijn adem horen, en het klinkt ruw en ongelijk. Hij staat nu ook op de rand.

Nieuw plezier stroomt door me heen wetende dat ik hem heb opgewonden. Dat ik deel uitmaak van zijn orgasme. 'Ik ga nu klaarkomen, Kayla. Wil je dat ik in je keel klaarkom of helemaal over die mooie kleine tieten van je? Tik één keer voor keel, twee keer voor tieten.'

Ik tik één keer. Sasha is degene die me coachte om te slikken toen we studeerden, en ik ben verdomd trots op mijn vermogen. Klaag me maar aan als ik een beetje wil opscheppen. God weet dat niet veel indruk maakt op deze kerel.

Hij mompelt iets in het Russisch dat klinkt als een vloek, en stoot tegen de achterkant van mijn keel met ruwe stoten totdat hij mijn haar stevig vastpakt en me tegen hem houdt en klaarkomt.

Ik slik en slik, knipperend tegen het water uit mijn ogen.

'Zo is het. Braaf meisje.'

Nog een *braaf meisje*. Ik zweef.

'Ruim het op,' beveelt hij, wat ik al aan het doen ben. Hij stopt zijn lul terug en ritst zijn broek dicht. 'Kom hier.' Hij wenkt.

Wil hij me op zijn schoot? Dat lijkt niet iets voor hem. Misschien over zijn schoot? Verdraaid, als ik het maar wist. Ik wankel op mijn voeten, het bloed stroomt terug naar mijn onderbenen.

Hij pakt mijn elleboog om me te ondersteunen en draait dan mijn heupen tot ik met mijn rug naar hem sta en trekt me op zijn schoot. 'Kom hier, kleine neuk-pop. Dat was zo heet.' Zijn adem is warm bij mijn oor. Ik geniet van zijn lof, ook al zou vanavond over mezelf behagen moeten gaan.

Dat deed ik echter wel. Ik ben meer voldaan dan ik ooit in mijn leven ben geweest.

Ik krioel op zijn schoot, de buttplug schokkend en bewegend in me.

'Benen wijd, prinses.' Hij pakt mijn benen en gooit ze over de buitenkant van zijn knieën, zodat ik wijd gespreid ben. Ik draag niets anders dan mijn visnet dijhoge kousen, hakken en een buttplug, dus hij heeft zojuist mijn chacha aan de hele kamer getoond, maar ik kan het me niet schelen.

Hij grijpt mijn rechterborst, ruw masserend. Bezitterig. Hij bijt in mijn schouder. Zijn andere hand streelt tussen mijn benen. Ondanks dat ik net een orgasme had, ben ik zo klaar om weer te gaan. In feite, zoals het nu voelt, zal het nooit genoeg zijn. Ik ben opgewonden genoeg om de hele nacht door te gaan en nog steeds niet bevredigd te zijn.

Pavel lijkt dat te weten omdat hij me neukt met twee vingers, dan drie, terwijl hij aan mijn nek knaagt en mijn borst en tepel bezit.

Jezus.

Het is ongelofelijk. Ik voel me ongelofelijk - sexy en krachtig. Mooi. Hedonistisch.

Blijkbaar is er niets voor mij te doen behalve ontvangen, dus laat ik mijn hoofd naar achteren zakken over zijn schouder, mijn borsten naar het plafond gericht terwijl hij voor mijn behoeften zorgt.

Ik realiseer me eerst niet dat ik kreun. Luide kreunen - wellustige, gênante kreunen. 'O god!' Ik klem beide handen over mijn mond om mezelf tot zwijgen te brengen.

'Nee.' Pavel klinkt net zo waanzinnig als ik me voel. 'Laat me je horen.'

'Oh,' kreun ik.

Hij neukt me sneller met zijn vingers. Mijn kont spant zich om de plug, en elke keer dat hij dat doet, brengt het me dichter bij een hoogtepunt.

'O God.' Ik herinner me om toestemming te vragen. 'Alstublieft, Meester - mag ik klaarkomen?'

'Nee.' Hij blijft zijn vingers bewegen, maakt me gek.

Wacht... *wat?*

Ik ben al grotendeels buiten zinnen, en nu raken mijn hersenen volledig in de war. Ik *moet* klaarkomen.

'A-alstublieft?' Mijn tanden klapperen. Ik zou serieus kunnen sterven als hij me niet laat klaarkomen, en toch is hem niet gehoorzamen geen optie.

'*Alstublieft*, Pavel.'

'Ik hou van de manier waarop je smeekt.' Hij klinkt net zo opgewonden als ik. Zijn vingers vliegen, drijven me tot de rand van waanzin.

'Ik moet. O God, ik *moet*.' Ik krioel over zijn hele schoot, op de rand van zowel extase als de dood.

Hij zegt niets, bijt alleen in mijn nek en neukt me met een kegel gevormd door zijn vingers.

Eindelijk, wanneer ik zeker ben dat ik ga sterven, zegt hij: 'Kom klaar, bloesem.' Hij spreekt de woorden direct naast mijn oor. Ze slaan mijn hersenen over en gaan rechtstreeks naar mijn druipende natte kutje, en ik kom klaar met een schreeuw. Ik wiebel en rijd op zijn vingers, klem de mijne over de toppen van de zijne om hem dieper te duwen.

'O,' hijg ik, overweldigd.

Pavel haalt zijn vingers eruit en brengt ze naar zijn lippen, zuigend aan mijn sappen.

En dat is wanneer ik me realiseer dat we een publiek hebben. Soort van een groot publiek. Ze mompelen bemoedigende dingen. Ik ga rechtop zitten, verstijvend.

Ik denk niet dat Pavel het eerder had gemerkt omdat hij vloekt in het Russisch.

# HOOFDSTUK 4

*Pavel*

IK WIL ELKE man die Kayla net heeft zien klaarkomen, zijn tanden uit zijn mond slaan. En dat zijn er veel. Een hele kring van *pridurki* die in een halve cirkel staan te geilen op mijn mooie pornoster partner. Ik wil hun neuzen over mijn knie breken. Hun oren klappen. Hen bij hun nek op de grond smijten.

Het is niets voor mij - ik ben niet bezitterig over vrouwen. Ik ben juist het tegenovergestelde - dat is de reden waarom ik naar zo'n evenement kwam. Ik geef de voorkeur aan verbindingen zonder betekenis en zonder bezit.

Maar een deel van mezelf dat ik niet herken, is het daar niet mee eens.

*Blyat.* Ik help Kayla overeind. 'Pak je topje op en geef het aan mij,' beveel ik.

Ze buigt voorover om haar bustier te pakken. Ik trek haar terug op mijn schoot en doe het voor haar aan, waarbij ik de veters aantrek en vastmaak. Ik laat de plug in haar zitten, alleen omdat ik niet wil dat iedereen me ziet terwijl ik die eruit haal.

Ja, het zou vernederend voor haar zijn - de naam van deze scène.

Maar het kan me geen reet schelen.

Ik doe het niet.

'Trek je slipje weer aan, bloesem,' mompel ik tegen Kayla. Plotseling staan we vanuit mijn perspectief in hetzelfde team. Ik bescherm haar tegen die starende klootzakken daarbuiten.

Een deel van mij wil stoppen en dat onderzoeken - want ik ben er zeker van dat ik dit op de een of andere manier verpest. Vergeet hoe ik haar moet domineren zoals ik zou moeten doen, maar ik duw die gedachten weg.

Kayla gehoorzaamt en glijdt in haar slipje. De plug is niet zichtbaar door de hartvormige uitsnijding aan de achterkant van haar slipje. Ik geef er een klopje op om mijn bezit te tonen en leid haar terug naar het theater. Ze waggelt op haar hakken. Ik zag haar vloeiend lopen op haar hakken toen ze aankwam, dus ik vermoed dat het komt doordat dat orgasme net haar verstand heeft opgeblazen. Haar benen zijn waarschijnlijk momenteel van rubber. Verdomme, ik heb daar zelf ook een beetje last van.

Ik leid haar naar de bar en bestel twee flessen water en een schaaltje nootjes. Ik bedenk dat ze moet bijtanken als we nog twee rondes willen volhouden. Allebei.

Ik trek een barkruk voor haar uit en help haar erop, genietend van de voorzichtige manier waarop ze gaat zitten om de plug te accommoderen. Ze drinkt in één keer de helft van haar water en neemt een grote handvol nootjes.

Ze werpt me een blik toe onder haar wimpers. 'Mag ik praten?'

'Ja. 'Als je niet te irritant bent.'

In plaats van beledigd te zijn, zie ik een kuiltje in haar wang verschijnen. 'Ik zal proberen het niet te zijn. Dank u voor de nootjes. Ik had honger. Sasha en ik hadden geen tijd om te eten.'

Het is al meer een gesprek dan ik met haar wilde voeren, dus ik knik alleen maar.

'Irriteer ik u al?'

Mijn lippen trillen. Verdomme, ze is schattig. 'Ja.'

Haar blik daalt. 'Sorry.' Ze schept nog een handvol nootjes en stopt ze in haar mond. Om de een of andere reden ben ik gefascineerd door haar lippen terwijl ze eet. De lichte laag zout die erop ligt, maakt dat ik ze wil likken. Maar dat slaat nergens op want ik kus mijn speelpartners nooit.

Natuurlijk leidt die gedachte tot het beeld van mezelf die haar tegen een muur duwt en die expressieve mond van haar bezit. Haar tot zwijgen brengen met mijn tong, op die onderlip bijten.

'Waarom was je te laat?' Ik verras mezelf door te praten.

Ze werpt een snelle blik op me, blijkbaar net zo verrast als ik. 'Ik had de hele dag een klus. Ze hadden honderd-veertig takes nodig om een reclame van zestig seconden op te nemen.'

Ik wil niet geïnteresseerd zijn, maar plotseling ben ik betrokken bij haar verhaal. 'Je bent een actrice? Zoals Sasha.'

'Ja. We hebben samen theater gestudeerd aan USC. We hebben drie jaar een kamer gedeeld.'

Het is bijna pijnlijk om dit delicate, brave kleine wezentje te zien als een vrolijke universiteitsstudent, hoopvol en enthousiast om een kleine rol in het schooltoneel te vinden. Het versterkt mijn overtuiging dat ze hier niet thuishoort. Zeker niet om door mij gefolterd te worden.

Ze laat me nu vies en gemeen voelen.

Behalve dat de herinnering aan haar, die klaarkomt alleen maar door mijn pik te zuigen, terugkomt. De blos op haar wangen, de glans in haar ogen en de manier waarop ze achter in haar hoofd flikkerden. Ze was dronken van lust.

Niet zo braaf.

Verdomme, het zou zo makkelijk zijn voor een Hollywood-regisseur om misbruik van haar te maken - om haar kinky kleine hart te ontdekken en het voor zijn eigen plezier te gebruiken zonder haar het respect te geven dat ze verdient. Ik knijp mijn waterfles samen, waardoor deze kraakt.

Haar ogen worden groot als ze ernaar kijkt.

'Ik wil je reclame zien,' hoor ik mezelf zeggen.

'Oh.' Ze bloost. 'Ik... het was niet mijn reclame. Ik danste alleen op de achtergrond voor het hele ding. Het moest in een nachtclub zijn. De reclame is voor een energiedrank.'

Nu ben ik pissig dat ze haar niet de hoofdrol hebben gegeven. Waarom verdomme niet? Ze is heter dan de hel. Ik kan me niet voorstellen dat een andere actrice het beter zou doen.

'Kom mee,' blaf ik zodra ze klaar is met de nootjes en het water.

Ze werpt me een nerveuze blik toe en lanceert zichzelf praktisch van de barkruk. Zo verdomde meegaand.

Ik wil haar een halsband omdoen en aan een riem houden. Haar aan mijn voeten houden om mijn pik te zuigen zoals ze deed, elke keer dat ik geil word.

Ik ben een gestoorde klootzak.

We gaan terug het podium op, en Kayla stapt naar voren om aan het wiel te draaien. Ik druk mezelf achter haar, sla een arm om haar middel om haar kont tegen mijn schoot te trekken en druk op de plug. Haar buik siddert bij haar volgende ademhaling. Ze gooit de bal in het wiel, en die stuitert rond.

'Kiki en Meester Pavel zijn op *anaal* terechtgekomen,' kondigt de ceremoniemeester aan.

Saai.

Nog steeds achter haar, wikkel ik mijn vingers om haar

keel en knijp in haar borst met mijn andere hand. 'Mijn pik in je kont vanavond stond al vast, bloesem. We zullen kijken of we het interessanter kunnen maken. Ik denk dat ik eerst die billen ga betasten, hmm? Ben je nog pijnlijk van je vorige billenkoek?'

'Nee, Meester.' Haar stem is zacht en warm. Niet wat ik verwachtte. Ik dacht dat ze een baby zou zijn over het opnieuw krijgen van een pak slaag.

Mijn pik wordt langer in mijn broek. 'Laten we gaan, *printsessa*.' Ik leid haar van het podium en de middeleeuwse martelkamer is leeg.

Ik leid haar naar een van de spanking banken in de kamer. 'Slipje uit,' beveel ik.

Ze laat haar hoofd zakken en stapt uit haar slipje, waarbij ze het in één hand oprolt, alsof ze niet weet wat ze ermee moet doen. Ik neem het van haar af en stop het in mijn zak. Ik bekijk haar kritisch. 'Trek die kousen ook uit,' zeg ik. 'Ik wil ook de achterkant van je dijen ook afranselen.'

Ik ben verrukt om de rilling te zien die door haar heen gaat. Ze stapt uit haar hoge hakken en trekt haar kousen uit. Wanneer ze dat doet, merk ik dat haar voeten boze rode plekken hebben van haar schoenen.

Ik steek mijn handen in mijn zakken en bekijk ze. 'Zijn je voeten pijnlijk, bloesem?'

'Oh.' Ze kijkt naar beneden. 'Ik-ik heb de hele dag hakken gedragen, Meester.'

'Maar je droeg ze toch vanavond? Voor mij?' Nee, natuurlijk niet voor mij. Mijn pik neemt mijn hersenen over. Ze wist niet eens dat ze vanavond aan mij gekoppeld zou worden.

Maar ze zegt met dezelfde honingzoete stem: 'Ja, Meester.'

Verdomme.

Ik ben verscheurd tussen haar belonen voor haar opoffering en meer pijn toebrengen.

'Je ziet er verdomde prachtig uit in die hakken,' zeg ik bruusk. Het is waar. Ze heeft slanke, gespierde benen - als een ballerina - en de hakken maken ze tot kunstwerken.

Haar blik vliegt naar mijn gezicht, zoekend. 'Uhm, dank u.'

'Ik weet dat ze pijn doen, maar ik wil dat je ze weer aandoet.'

Ze stapt onmiddellijk terug in de schoenen.

Ik stap naar haar toe en omvat haar venusheuvel, terwijl ik tegelijkertijd de plug in haar kont draai. 'Word je nat als je weet dat je pijn me plezier geeft?' Ik glijd langs haar spleetje, dat meteen nectar produceert.

'Ja, Meester.'

Verdomme, ze is lief.

'Braaf meisje. Ik ga je nog meer pijn doen. Niet omdat je stout bent.' Ik duw een vinger in haar en ze kronkelt, haar gezichtsuitdrukking wordt hunkerend. 'Maar omdat ik dat wil. Je begrijpt dat, nietwaar?'

Ze knikt gretig. 'Ja, Meester.'

'Dat dacht ik al. Je wilt geen stout meisje zijn, hè?'

Een snelle hoofdschudding. 'Nee, Meester.'

'Dat dacht ik al. Je bent een pleaser. Een dienende onderdanige.'

Haar gezicht klaart op. Alsof ze voor het eerst in haar leven gezien wordt. 'Ja, Meester.'

Ik draai de plug in haar kont. 'Elke keer dat je *ja Meester* zegt met die zachte, zijdeachtige stem, word ik hard, bloesem.'

Ze straalt bijna van het compliment.

'Kniel nu en buig voorover.' Ik glijd met mijn vinger uit haar en gebruik de anale plug om haar naar de spanking bank te leiden.

Ze zakt op haar knieën en vouwt haar bovenlichaam over de zachte bank. Ik gesp haar enkels en polsen vast.

Ik voel me wreed. Misschien heb ik een hekel aan mijn kleine bloesem omdat ze zo verdomd meegaand is. Ze is moeilijk te haten, en ik wilde haar haten. Vrouwen zoals zij zijn niet voor mannen zoals ik.

Ik ben het soort dat in schaduwen sluipt. Mijn zonden duidelijk gemarkeerd in inkt over mijn hele huid. Een Russische soldaat die eerst voor zijn land en later voor zijn bratva-cel doodde. Ik ben niets waard, en dit meisje? Zij is goud.

Ze is jong, getalenteerd, lief. Slim en vriendelijk. Ze gaat zeker ergens komen. Het monster in mij wil haar daarvoor breken, maar ik wil ook iedereen doden die eraan zou denken haar te breken.

Ik pak een rotan stok en sla ermee in mijn handpalm. Het bijt, zelfs zonder veel kracht.

Mijn bloesem zal niet klaar zijn voor zoiets, en toch voel ik me gedwongen om het op haar te gebruiken.

Om die vleugels van haar te breken en ervoor te zorgen dat ze nooit meer hierheen komt, waar het niet veilig is voor een zoete, verlangde bloem zoals zij.

Ik stap naar voren en speel met de plug in haar kont. Ze kreunt en beweegt haar heupen. Ik tik lichtjes met de stok op haar billen. 'Ik ga nu je kleine kontje striemen geven, bloesem.'

Ze jammert zachtjes. De spieren van haar onderrug spannen zich aan in voorbereiding op de eerste slag. Ik zwaai met de stok, mikkend en slaand precies over het midden van haar billen.

Ze laat een kreet horen die onvrijwillig klinkt en die overgaat in een lange, lange trillerige zucht van herstel.

Ik sla opnieuw toe, net onder de eerste.

Ze gilt, haar lichaam gaat onmiddellijk in vluchtmodus

terwijl ze tegen haar boeien vecht. 'Meester?' Er is paniek in haar stem.

Ik wrijf tussen haar benen om te zien hoe de pijn deze keer valt. Ze is doorweekt met vers glijmiddel - blijkbaar nog steeds opgewonden ondanks de intensiteit.

Ik wil haar meedogenloos afranselen tot ze schreeuwt en *rood* roept, en ik kan er zeker van zijn dat ze nooit meer hier naartoe komt. Maar iets in haar smeekbede trekt aan me. Dwingt me tot terughoudendheid.

Ik loop naar de voorkant van de spanking bank en hurk neer. Ik duw haar haar uit haar gezicht om haar in de ogen te kijken.

'Ja, bloesem?'

Haar adem is chaotisch, haar ogen verwijd, glazig en wild. Haar lippen zijn geopend, maar er komen geen woorden uit.

Ik streel met mijn duim over haar wang. Het is baby-zacht en glad. 'Je ziet er bang uit. Bent je bang?'

'Een beetje,' geeft ze toe.

'Oké. Ik zal je vertellen wat er gaat gebeuren. Ik ga je nog drie strepen geven met mijn stok. Je mag zo hard schreeuwen als je wilt. Huil als je dat nodig hebt. Maar je gaat een braaf meisje zijn en het ondergaan omdat je weet dat het mij pleziert om je pijn te doen.'

'Als het klaar is, doe ik er arnica op om tegen de blauwe plekken te helpen. En dan ga ik die plug uit je kont halen en je neuken met mijn pik. Ik zal een condoom gebruiken om ons beiden veilig te houden. Ja?'

Ze knikt, eindeloos meegaand. 'Oké.' Ze likt haar lippen. 'Dank u, Meester.'

Mijn erectie duwt tegen mijn rits. Ze bedankt me. Ze kon niet perfecter zijn.

Ik omvat haar wang, plotseling terughoudend om te doen wat ik net heb beloofd. 'Je doet het zo goed vanavond.'

Ze nestelt zich in mijn hand. 'Meester Pavel?' Weer die bange trilling in haar stem.

'Hmm?'

'Misschien red ik het niet.' Ze knippert snel met haar ogen. 'Wat als ik het niet volhoud om de nacht door te komen zonder *rood* te zeggen?'

Ik ben zo'n klootzak dat ik dat wens.

De grootste lul die er bestaat.

'Je redt het wel,' beloof ik. 'Het is mijn taak om ervoor te zorgen dat dat lukt, bloesem.' Stalen barrières in mijn borst buigen en vervormen in verschillende richtingen. Ik wil zowel mijn belofte aan haar houden als breken om er zeker van te zijn dat ze niet terug kan komen.

*Niet zonder mij.*

Wat denk ik? Ik kom hier niet meer terug. Ik woon niet eens in L.A. En ik zou zeker niet terugkomen om met haar te spelen. Zij is de laatste persoon met wie ik opnieuw zou willen samenwerken.

Maar als ik door het half dozijn partners blader die ik het afgelopen jaar in Chicago had, zie ik dat de energie tussen ons zo vlak en droog als papier was. Het is niets vergeleken met het samenwerken met Kayla - dit prachtige stralende licht. Wil ik terug naar mijn oude type?

Plotseling wil ik het niet meer.

Wat is er mis met me? Ik raak gehecht, en dat is tegen de bratva-code. Niet dat mijn cel die oude landelijke regels handhaaft.

Maar zelfs als ik haar wilde, zou ik haar niet kunnen hebben. Ze is helemaal verkeerd voor mij.

En ik ben zeker verkeerd voor haar.

Ik houd haar blik vast terwijl ik mijn mouwen oprol. 'Nu ga ik je pijn doen, bloesem. En je zult het leuk vinden omdat ik dat doe.'

# HOOFDSTUK 5

*Kayla*

IK PROBEER NIET in paniek te raken. De pijn van de striemen
die Pavel me gaf, blijft toenemen. Ik weet niet of ik er nog
drie aankan. Maar hij heeft me tenminste verteld wat ik kon
verwachten. Ik riep bijna 'geel' toen hij de eerste twee gaf -
bang dat ik niet verder zou kunnen.

Zelfs zo geschrokken als ik ben, is mijn lichaam door-
drenkt met lust. Ik denk dat ik druppel op de spanking bank,
mijn lichaam is zo vochtig en klaar voor meer.

Pavel gaat achter me staan en tikt met de stok tegen mijn
billen. Ik krimp ineen, ook al is het maar een tikje. Elke keer
als hij me aanraakt, knijpt mijn anus samen rond de plug, en
stuurt overal erotische impulsen heen.

Hij slaat toe.

Ik schreeuw en span me aan.

Deze landt onder de eerste twee. Het lijkt alsof hij zeer
nette parallelle lijnen trekt over de onderste helft van mijn

billen. Het zou opwindend zijn als het niet zo verschrikkelijk pijn deed.

Hij slaat me opnieuw. Verrassend genoeg schreeuw ik niet. Ik knijp rond de plug en laat een gekwetste kreun ontsnappen. Het doet pijn, maar de endorfines moeten beginnen te werken, want mijn hele lichaam gonst. De pijn begint goed te voelen.

Hij geeft de laatste in de vouwen waar billen en dijen elkaar ontmoeten. Ik snik mijn adem uit.

Het is voorbij. Hij heeft me gezegd nog drie, en ik heb me door drie heen geslagen. De opluchting en het plezier zijn onmiddellijk. Ik ben nu niet eens bang voor de anale seks. Ik heb opnieuw behoefte aan seksuele bevrediging. Ik kan niet wachten om zijn pik te nemen.

Hij smeert de arnica over mijn huid, waarbij hij over de striemen strijkt alsof hij ze uitwrijft. Hij trekt aan de buttplug. Er gebeurt niets. Hij strijkt met zijn handpalm over mijn billen. 'Ontspan, bloesem. Open je.'

Ik had niet beseft dat ik nog steeds aangespannen was. Ik dwing mijn adem naar buiten en ontspan, en hij trekt langzaam de plug eruit. Ik jank bij het breedste punt, maar dan is hij weg en voel ik me leeg.

'Goed zo.' Ik hoor hem rommelen in zijn sporttas. Het klikken van een ziplock zakje. Het openen van een dop. Hij brengt een koele klodder glijmiddel aan op mijn anus, en ik krimp ineen bij de verrassende sensatie.

Een kleine motor komt tot leven. 'Een beloning voor je, bloesem. Omdat je het zo goed deed.' Hij glijdt met een kleine bullet vibrator over mijn plooien en stopt hem tussen mijn heupen en de bank, direct onder mijn clitoris.

Ik laat een verraste zucht ontsnappen, geschokt door het genot. 'Mmmmeester,' flapte ik eruit.

'Vind je dat fijn?' Pavel wrijft nog wat meer over de striemen op mijn billen.

'Ja, Meester.'

'Goed zo. Terwijl ik je kontje neuk, wrijf je gewoon over die vibrator, bloesem. Je hebt toestemming om klaar te komen. Je hoeft het me niet te vragen.'

'D-dank u, Meester.' Mijn tanden klapperen al van opgevoerd verlangen.

Hij masseert het glijmiddel rond mijn anus. Ik ben verbaasd hoe gemakkelijk zijn vinger deze keer naar binnen glijdt. Ik hoor het scheuren van folie en een rits, en dan het duwen van Pavels pik tegen mijn achteringang.

Na het hebben van de plug in me gedurende het afgelopen half uur, sta ik veel meer open voor het idee van anale seks. Ik bedoel, ik was er niet tegen, het is gewoon nieuw voor me.

Pavel duwt mijn billen uit elkaar en drukt langzaam voorwaarts. Hij is groot, maar ik rek op om hem te ontvangen - het brandt niet zoveel als de eerste keer dat de plug naar binnen ging. Er is genoeg glijmiddel.

Ik kreun omdat... het voelt goed. Dat zou niet moeten, maar het doet het wel. Ik ben meteen verloren. Dankbaar voor de vibrator bij mijn clitoris omdat ik wanhopig klaar wil komen. Maar ik durf niet te bewegen. Niet dat ik veel kan bewegen, maar ik wiebel niet eens. Ik blijf gewoon stil liggen en ik laat hem in en uit me stoten.

Ik voel me volledig gebruikt. Mijn billen afgeranseld en brandend, zijn pik binnenin, die me bezit.

Dit was precies waarom ik vanavond hier kwam. Het overtreft elke fantasie die ik had over gedomineerd worden. Ik ben fantastisch en belachelijk verliefd op mijn nieuwe meester.

De man die slechts nog één draai van het wiel mijn meester zal zijn. De man die na vanavond de stad zal verlaten.

Maar daar kan ik nu niet aan denken.

Ik geef me over aan hem. Aan zijn dominantie, zijn plundering. Hij neukt mijn kont, houdt me vast bij mijn nek, ook al ben ik al aan de bank vastgebonden, en stoot in me.

Ik wil klaarkomen, maar het is moeilijk terwijl mijn billen worden opengehouden. Ik voel dat ik hem in plaats daarvan in mijn kutje nodig heb.

'M-meester,' zing ik, ook al weet ik niet wat ik van hem wil. 'Meester,' hijg ik.

'Je kunt klaarkomen, bloesem. Is dat wat je nodig hebt?'

'Ja.'

Hij stoot harder, alsof mijn behoefte zijn verlangen opvoert. 'Kom klaar voor mij.' Zijn stem klinkt ruw en hees.

'I-ik...' Ik wilde zeggen: 'Ik kan het niet', maar ik voel de rimpeling door mijn onderbuik lopen. Ik wou dat de vibrator in me zat terwijl mijn spieren samentrekken om niets. Mijn anus knijpt rond zijn pik, en hij schreeuwt.

'Fuck-oh, fuck!'

Zijn gebeuk doet pijn terwijl mijn anus samentrekt, maar ik kan het niet stoppen. Het duurt niet langer dan een paar stoten meer, en dan komt hij klaar, waarbij hij zich diep in me begraaft en daar blijft terwijl hij kreunt. Zijn buik beweegt tegen mijn rug. Ik laat een zachte snik ontsnappen.

De tijd lijkt stil te staan.

Pavel beweegt niet.

Ik weet dat er mensen in de hal zijn. Zeker aan het kijken, maar ik voel me alsof ik in een bubbel zit. Alsof mijn oren suizen.

Misschien is het mijn kutje.

Na wat een lange tijd lijkt, trekt Pavel zich terug en gooit zijn condoom weg. Hij gebruikt een zachte babydoekje om me schoon te maken en maakt mijn enkels los.

Ik beweeg nog steeds niet.

Ik denk niet dat ik in staat ben tot beweging. Of spraak. Ik kan nauwelijks blijven ademen en knipperen.

Pavel komt om me heen en maakt mijn polsbanden los. Hij kijkt me niet aan als hij dat doet.

Ik denk dat dat het deel is dat me raakt.

Mijn lichaam en ziel werden zojuist open gelegd. Ik ben doormidden gescheurd om ruimte te maken voor zijn commando's. En ik heb genoten van elke seconde.

Maar in je eentje overleven is nu een onmogelijkheid.

Ik heb mezelf overgegeven aan deze man. Als hij me niet van deze bank afpelt en me stevig vasthoudt, zal ik niet verder kunnen gaan.

Dat doet hij niet.

Hij helpt me niet eens overeind.

In feite loopt hij naar zijn tas en begint opnieuw in te pakken zonder een woord te zeggen.

Ik ga rechtop zitten, duizelig. Verdoofd. Ik probeer mijn benen uit. Mijn knieën knikken, en ik val met mijn billen terug op de spanking bank.

En dat is wanneer ik in tranen uitbarst.

# HOOFDSTUK 6

*Pavel*

IK VERSTIJF.

Kayla bedekt haar gezicht met haar kleine handen, volledig in tranen.

Fuck. *Huilend.*

Gebroken.

Precies zoals ik had voorspeld, maar ik had niet de bedoeling haar te breken. Ik *wist* verdomme dat ze de verkeerde vrouw voor me was.

Als ik slim was geweest, had ik Valdemar gevonden en hem gevraagd met me te ruilen. Hij zou dit zoete hapje geweldig hebben gevonden.

Behalve dat die gedachte me alleen maar Valdemars hoofd van zijn schouders wil laten rukken en van een berg gooien.

Ik beweeg letterlijk niet. De bedrading in mijn hersenen is doorgesneden. Ik kan niets doen. Ik staar alleen maar naar mijn kleine blonde onderdanige in haar hete puinhoop. Een dungeon begeleider opent de deur en toeschouwers die in de gang aan het kijken waren, verdringen zich rond de deur als ze zich realiseren dat ik niets doe.

Ik word verscheurd door de wens om ze allemaal van me af te slaan - de dungeon master inbegrepen - en weg te lopen.

Want ik ben absoluut niet geschikt om met dit soort shit om te gaan.

Ik zou niet eens weten waar ik moet beginnen.

Een flits van rood haar zwaait voor Kayla langs, en ze wordt omhuld door Sasha's armen. Maxim verschijnt op de een of andere manier bij mijn schouder.

'Je breekt haar, je bezit haar.' Zijn woorden snijden door de waas in mijn hersenen. Ik slaag erin mijn hoofd te draaien en hem aan te kijken. 'Je hebt me gehoord,' spoort hij aan. 'Ze behoort nu aan jou. Til haar op, draag haar naar een afkoel-ruimte en zet haar weer in elkaar.'

Het lijkt logisch, want mijn voeten bewegen al vooruit voordat ik zelf heb besloten wat ik ga doen. Ik trek Sasha weg bij Kayla en til haar in mijn armen. 'Geef haar aan mij, ze is van mij,' zeg ik vastberaden.

*Van mij.*

Het klinkt juist. Het is niet wat ik wilde, maar het is de waarheid. Ze is van mij.

*Je breekt haar, je bezit haar.*

'Ga warme chocolademelk voor haar halen,' blaf ik naar Sasha, die niet onder de indruk is van me.

Haar gezicht vertrekt van afkeer. 'Warme chocolademelk? Echt, gast?'

Ik weet niet eens waarom ik het zei, maar het klonk goed.

'Is dat wat je wilt?' vraagt ze aan Kayla, die nog steeds onbeheersbaar huilt. Kayla knikt *ja.*

Iemand biedt een deken aan, en ik wikkel het om Kayla heen en draag haar naar de afkoelruimtes, waarbij ik mijn sporttas en mogelijk mijn ballen op de vloer achterlaat.

'Het spijt me,' probeert Kayla te spreken tussen het hikken en snikken door. 'Ik weet niet eens waarom ik huil.'

Ik kan aan geen enkel ding denken om te zeggen. Niet één verdomd ding, dus ik doe het niet. Ik vind alleen een kamer en ga op een bank zitten, waarbij ik haar tegen me aan op mijn schoot leg. Ik stop de deken om haar heen en houd haar stevig vast.

Mijn lippen vinden haar haar. Eerst een kus.

Ik ga er niet dood van. Haar haar ruikt zoet, naar sinaasappels. Ik kus haar nogmaals. Ik wieg de zijkant van haar gezicht met één hand en geef kleine kusjes langs haar haarlijn, op haar voorhoofd. Haar natte, natte oogleden.

'Het spijt me zo,' snikt ze.

'Het is sub-drop.' Eindelijk keert mijn brein terug.

Dit gebeurt. Ik heb erover gelezen. Ik heb erover gehoord. Ik heb er gewoon nog niet mee te maken gehad omdat ik eerlijk gezegd niet veel meer ervaren ben dan Kayla.

'Je hersen scheikunde kreeg een klap omdat alles zo intens was. De warme chocolademelk zal helpen.'

'Ik schaam me zo.' Ze probeert haar hoofd op te richten, maar ik wieg het terug tegen mijn schouder.

*Van mij.*

Ze is echt van mij. Maxim zei het, dus het moet waar zijn.

'Schaam je niet. Ik vind je zo leuk.'

Dat lijkt de snikken te verminderen. Waarschijnlijk heeft haar poging om ze te stoppen het alleen maar erger gemaakt. Nu ik ze heb verwelkomd, kan ze ademhalen. 'W-wat?' Ze trekt haar natte wang weg van mijn nek en knippert naar me. Haar mascara is uitgelopen rond haar ogen. Ik vind het vreemd genoeg erotisch. 'Waarom?'

Haar vertellen dat ik heb besloten dat de tranen betekenen dat ik haar nu bezit, komt waarschijnlijk niet goed over. Ik geef een kleine schouderophaal, waarbij de mondhoeken omhoog gaan. 'Het is gewoon nog een uitwisseling van lichaamsvocht, toch?' Ik steek mijn tong uit om een van haar tranen op te likken.

Ze laat een waterige lach horen. De snikken verdwijnen volledig, en ze staart me aan, haar grote ogen lijken nog groter met de zwarte ringen van haar mascara. 'V-vind je me eigenlijk wel leuk?'

Ik knik langzaam, mijn blik op de hare gericht. 'Ja. Dat vind ik. Ik vind je zo leuk dat ik erover nadacht je je stopwoord te laten gebruiken, zodat je hier niet zonder mij terug zou komen.'

Haar lippen vormen een verraste "O".

'Ja. Ik verbied je om hier zonder mij te komen.' Ik houd mijn adem in om te zien hoe dat valt.

Ze slaat me met 's werelds minst effectieve klap. Ik maak een mentale notitie om haar te leren hoe ze moet slaan. 'Wat de fuck? Ik dacht dat je me haatte.'

'Ik-' Ik grijns en laat mijn hoofd hangen. 'Ik was een enorme lul. Het spijt me. Jij... je leek veel te goed voor mij. Als het type meisje dat ik niet kan hebben. En dat maakte me pissig.' Ik ben verbaasd over wat er uit mijn mond komt. Ik denk dat ik niet eens realiseerde dat dit waar was tot dit moment.

'Je bent mooi en lief. Te onschuldig. Je vader zou een jachtgeweer op mijn borst zetten als hij ons samen zou zien.'

Ze laat een klein lachje horen. 'Mijn vader is een heel aardige man.'

'Zie je? Ik wist het. Ik - ik ben geen aardige man.'

Haar glimlach vervaagt. 'Ik...' Ze slikt. 'Ik vertrouw je.'

'Ik weet het. Dat is wat me verbaasde, bloesem. Je had geen verdomde reden om me te vertrouwen, en toch deed je het. Je hebt zo hard gewerkt om me te behagen. Nu ben ik bedorven voor andere vrouwen.' Ik schud mijn hoofd in spijt. 'Niemand anders zal voldoen.'

Licht bloeit in haar uitdrukking, maar ze ziet er nog steeds twijfelachtig uit. 'Je woont hier niet eens. Hoe ga je met mij terugkomen?'

'Ik zal komen vliegen.' Ik kan niet geloven wat ik beloof. Maar het moment dat ik de woorden zeg, weet ik dat ze waar zijn. 'Ik zal elk weekend van de volgende maand in een vliegtuig stappen om hier met jou te zijn. Ik kan de gedachte niet verdragen dat je met een andere vent speelt.'

Ze verlaagt haar wimpers. 'Je zult mijn dom zijn?'

Iets schopt in mijn buik. Opwinding, misschien. Een krachtige draai van betekenis. Ik knik één keer. 'Wil je me hebben?'

'Is het... alleen voor hier?'

Mijn hart begint ongemakkelijk in mijn borst te bonzen. De Neanderthaler in mij gromt, *Van mij*. Maar hoe maak ik aanspraak op een vrouw waar ik geen recht op heb?

Toch schud ik mijn hoofd. 'Nee, bloesem. Als ik een vrouw claim, dan claim ik haar overal. Ik wil je vanavond in mijn hotelbed. Ik wil dat je 's ochtends schrijlings op mijn middel zit voordat ik naar huis vlieg. Ik heb je elke verdomde avond op Facetime nodig als we uit elkaar zijn.'

Ik weet dat het te veel is. We kennen elkaar niet eens. Maar mijn gevoel is dat halfslachtig niet gaat werken voor Kayla. Ze verdient het hele pakket. Als ik haar ga bezitten, neem ik de verantwoordelijkheid voor haar helemaal. Niet alleen haar seksleven.

Ik haal mijn schouders op. 'We zullen het proberen. Als je me na de eerste maand nog steeds een lul vindt, kun je me laten gaan.'

Ik ben geschokt door de plotselinge en briljante verschijning van haar glimlach. 'Ik weet dat je geen lul bent. Sasha is bevriend met je.'

'Sasha is een gestoorde Russische wiens vader me dwong

voor hem te doden.' Ze moet de waarheid weten. Waar ze mee te maken heeft. 'Ik ben geen aardige man.'

Ze kantelt haar hoofd achterover. 'Kus me.'

*Kus haar.*

Het is een *verdomde eer* om dit meisje te kussen. Maar ik wil het goed doen. Niet de ruwe, bezittende kus die ik haar heb willen geven sinds ze aan mijn voeten knielde en mijn sperma inslikte. Nee, ze verdient mijn terughoudendheid. Een flinke dosis respect. Ik neem haar hoofd tussen beide handen en trek haar gezicht naar het mijne. Mijn lippen glijden over de hare in een langzame beweging, een lange verkenning van het oppervlak van haar prachtige mond. Ik verander van hoek en herhaal. Nog een langzame kus met gesloten mond. En dan geef ik de terughoudendheid op en kus ik de verdommenis uit haar mond. Mijn tong glijdt tussen haar lippen, mijn tanden knabbelen over haar tedere huid. Ik kus en zuig en claim met elke opening en sluiting van mijn mond. Als ik klaar ben, is ze ademloos en heeft ze wilde ogen en is ze zo verdomde schattig dat ik haar hier weg wil dragen voordat we onze laatste ronde doen.

Sasha en Maxim verschijnen op dat moment met de warme chocolademelk en mijn sporttas. 'Sorry, het duurde een tijdje om wat te laten maken,' zegt Sasha, terwijl ze de warme mok in Kayla's handen drukt. Ze gaat naast haar zitten. 'Hoe voel je je? Je ziet er beter uit.'

Ik houd mijn adem in.

Kayla knikt. 'Ik voel me beter. Pavel houdt me.'

Mijn hart versneld in actie.

Ze heeft me teruggeclaimd.

Ik knik, terwijl ik Sasha's verbaasde blauwe blik beantwoordt met mijn serieuze.

'Um, wow. Oké. Blij dat dat gelukt is.' Sasha's toon is deels verwondering, deels twijfel.

Maxims grijns is bro-code voor *gelukt.*

Het voelt te wankel om terug te grijnzen.

\* \* \*

*KAYLA*

DE WARME CHOCOLADEMELK HIELP ECHT. Ik nip ervan en staar naar mijn nieuwe meester. De man die plotseling besloot dat ik van hem ben.

Ik voel me alsof ik in een romantische Regency-roman zit - zoals die Netflix-serie, *Bridgerton* - wanneer een man aanbiedt met een vrouw te trouwen na twee dansen. Ik weet dat endorfines en orgasmes en allerlei andere dingen een rol spelen, maar ik ben smoorverliefd op Pavel.

Ik ben gek op deze wereld. Het beangstigt me hoe goed ik bij deze levensstijl pas. Ik denk dat een deel van wat me deed instorten mijn afschuw was over precies hoe grenzeloos ik hier ben. Ik denk dat ik alles zou doen wat Pavel me vroeg. Me onderwerpen aan alles wat hij verlangde.

Ik vertrouwde hem voornamelijk al, maar zijn reactie op mijn instorting bevestigde het. Hij was perfect. Kalm en onverstoorbaar. Teder. Eerlijk.

'Veel koppels zijn al naar hun derde ronde gegaan,' vertelt Sasha's man, Maxim, ons. 'Gaan jullie twee het afmaken?'

'Het is aan Kayla,' zegt Pavel.

'Ja.' Ik wil die maandpas. Ik wil hier met Pavel terugkomen. Hij zei dat hij terug zou vliegen om met mij te spelen.

Pavel verschuift en haalt mijn slipje uit zijn zak. 'Laten we dit weer aan je doen.'

Maxim en Sasha hebben de gratie om te verdwijnen, zodat Pavel me kan helpen om het weer aan te trekken. Hij trekt de hakken van mijn voeten en gooit ze in zijn tas. 'Genoeg van die,' zegt hij.

Luid gejuich en applaus klinkt uit de richting van de rosse buurt.

'Kom mee, bloesem.' Pavel helpt me op te staan, en we gaan terug naar het theater en het podium.

'Kiki en Meester Pavel zijn hier voor hun laatste draai,' kondigt Madison aan. Ik trek aan het wiel en kijk hoe de activiteiten voorbijflitsen en gooi dan de bal. Hij stuitert lange tijd voordat hij eindelijk in een gleuf belandt.

'*Hoog protocol!*' zegt Madison.

Pavel maakt een geïnteresseerd geluid. Ik kijk omhoog, en hij trekt zijn schouders op in een lichte haal. Wanneer we van het podium afkomen, leidt hij me naar de grote speel-ruimte waar hij me tegen een muur drukt. '*Hoog protocol*, hmm.'

'I-ik weet niet zeker of ik me precies herinner wat het is,' geef ik toe.

'Ik ook niet.' Ik zie een hint van een glimlach.

Mijn hart fladdert.

'Ik denk dat ik gewoon regels maak, en jij ze volgt. Je verleent diensten aan je dominant. Hetzelfde als we de hele avond al doen.'

Ik knipper met mijn wimpers. 'Dus wat zijn mijn regels?'

Hij strijkt met zijn getatoeëerde knokkels langs mijn wang. 'Je regels zijn...'

Ik wacht, mijn tepels verstijven in mijn bustier, opge-wonden door ons spel.

'Als ik zeg *tegen de muur*, ga je tegen de dichtstbijzijnde muur staan en presenteer je jezelf aan mij om geneukt te worden.'

Ik sla mijn ogen neer en verberg mijn glimlach. 'Ja, Meester.'

Hij wacht even.

Elke zenuwuiteinde tintelt in afwachting van zijn bevel.

'Tegen de muur.'

Ik ren naar de dichtstbijzijnde muur en trek mijn slipje uit, springend in mijn haast. Ik druk dan mijn handpalmen tegen de muur, spreid mijn benen en steek mijn kont uit, over mijn schouder kijkend.

Hij staat direct achter me. Hij omvat mijn venusheuvel van achteren, een van zijn vingers cirkelt rond mijn gevoelige clitoris. 'Dat is mooi, bloesem, maar ik heb je vanavond al van achteren gehad.'

Ik draai me om.

'Als ik zeg, *bereid je meester voor*, vind je het condoom in mijn zak en doe je het om.' Zijn stem is fluweelzacht, niet het harde blaffen van eerder.

Ik reik naar zijn zak en stop dan, mijn hand opgeheven, wachtend op het bevel alsof we Simon Says spelen.

'Bereid je meester voor,' mompelt hij.

Ik vind het condoom, open het en knoop zijn broek los. Hij helpt me door de basis van zijn lul vast te houden zodat ik het condoom erom kan rollen.

'Braaf meisje.' Hij dringt tegen me aan, de eikel van zijn lul wipt tussen mijn benen.

Ik hef een been om zijn middel om mezelf aan hem te presenteren, en hij aarzelt niet, hij zinkt er direct in.

Ik open mijn mond, maar er komt geen geluid uit.

'Gaat het? Je leek nat genoeg.'

'Dat ben ik. Ja. Het gaat goed. Het gaat geweldig,' babbel ik, reikend naar zijn kont en zijn heupen tegen de mijne trekkend.

'Uh oh.' Hij schudt zijn hoofd. 'Je rijdt niet tenzij ik het je zeg, *printsessa*.'

Ik til snel mijn handen op in overgave. 'Sorry, Meester.'

Hij spijkert mijn polsen tegen de muur. 'Gelukkig ben ik klaar met je straffen voor vannacht,' mompelt hij tegen mijn lippen.

'Ben je dat?' Ik klink ademloos.

Hij stoot naar binnen en omhoog, waarbij mijn rug langs de muur schuift. 'Ja. Behalve je neuken. Dat kan ruw zijn.' Hij stoot opnieuw.

De achterkant van mijn bekken bonkt tegen de muur, maar ik verwelkom de sensatie. Ik zou alle blauwe plekken nemen die hij me wilde geven. Elke stoot voelt glorieus. Alsof hij me markeert als de zijne. Me brandmerkt. Ik heb vanavond drie keer een orgasme gehad, maar nooit met hem in mijn kutje, en het voelt zo goed. Zo noodzakelijk.

Precies waar hij hoort te zijn.

Hij snuffelt tegen de zijkant van mijn gezicht, shockeert me opnieuw met de kleine kusjes langs mijn kaak en haarlijn, die in totaal contrast staan met zijn langzame, ruwe stoten.

'Kus me, Kayla,' beveelt hij.

Ik bied mijn lippen aan, en hij maakt er aanspraak op, draaiend, langzaam, vol passie over de mijne. Hij neemt zijn tijd, mijn mond verslindend terwijl hij me tegen de muur nagelt. Pas als zijn adem verandert in hijgen, haakt hij een onderarm onder mijn knie om me op mijn plaats te houden voor korte, snelle stoten.

Ik glijd mijn vingers door zijn zanderige haar. 'Pavel,' hijg ik tegen zijn lippen.

'Neem het, bloesem. Neem het als een braaf meisje.'

'Geef het me.'

We zijn allebei buiten zinnen, vuil pratend tegen elkaar als een paar ervaren minnaars. Ik vergeet waar we zijn. Wie we zijn. Wat ik hier doe. Black Light lost op, en er is niets anders dan dit laatste orgasme uit mijn meester te wringen.

Hem plezieren.

Hem mij laten plezieren.

Zijn stoten worden wild en onregelmatig. Onze hijgende ademhaling vermengt zich.

'Meester, mag ik--'

'Kom,' blaft hij.

Op het moment dat hij dat doet, laat ik mezelf over de afgrond tuimelen, mijn spieren spannen en knijpen rond zijn lul.

Hij gromt en stoot diep, kreunend terwijl hij ook klaarkomt.

Ik klamp me aan hem vast, trillend en slap. Uitgeput, maar gelukkig.

'Kom op, bloesem. Je kunt deze ronde afmaken op mijn schoot. Het is tijd voor alle beloningen.'

Ik straal naar hem op, mijn buik fladdert. Ik weet niet wat de beloningen zijn, maar ik kan niet wachten om erachter te komen.

EINDE

Bedankt voor het lezen van . Als je ervan hebt genoten, zou ik je recensie zeer waarderen - ze maken een enorm verschil voor indie-auteurs zoals ik.

**Lees het volgende boek in de *Chicago Bratva* serie, De Handhaver**

**Ze is mijn zwakte, mijn obsessie. En nu mijn gevangene.**

Ik heb twaalf lange jaren in een Siberische gevangenis doorgebracht.

Sinds mijn vrijlating heeft niets mijn interesse gewekt.

Niets behalve haar.

Week na week kijk ik naar optredens van haar band.

Ik krijg haar niet uit mijn hoofd.

Wanneer mijn verleden me inhaalt, wordt zij een doelwit.

De enige manier om haar te redden is haar op te sluiten.

Haar gevangen houden tot de storm is overgewaaid.

Ze zal het me nu nooit vergeven, maar ik kan het niet uitleggen.

Ik kan niet praten.

Lees Nu

# HOOFDSTUK EÉN - DE HANDHAVER

*Oleg*

SLUITINGSTIJD BIJ RUE'S Lounge is het ergste deel van elke week. Ik drink mijn laatste slok bier en zet het flesje neer, terwijl ik met tegenzin opsta van de tafel die ik vroeg op de avond had geclaimd. Story, mijn Amerikaanse nachtegaal, en haar bandleden verzamelen zich rond de bar, nog steeds vol energie na weer een episch optreden.

Ik aarzel, maar er is geen excuus om te blijven. Niet wanneer Rue, de eigenaar met hanenkam, al de tl-verlichting heeft aangedaan om de laatste klanten weg te jagen. Niet wanneer ze specifiek naar mij heeft gewezen en met haar hoofd naar de deur heeft geknikt.

Ik heb geen reden om te blijven. Ik hang niet rond om de moed te verzamelen Story mee uit te vragen.

Dat zou onmogelijk zijn zonder tong.

Ik zal ook geen andere manier verzinnen om contact met haar te leggen. Ik ben de man niet voor haar. Dat weet ik.

En ik blijf ook niet om meer uren naar haar te staren.

Nou, misschien een beetje. Het is verdomd moeilijk om weg te kijken als zij in een ruimte is. De leadzangeres en gitariste met de honingstem is magnetisch. Betoverend. Geweldig getalenteerd en punk-mooi.

Nee, ik blijf omdat ik niet in staat ben om weg te gaan. Ik kan het pand niet verlaten totdat ik absoluut zeker weet dat Story veilig thuiskomt.

Ik zie hoe ze haar derde margarita in een paar snelle slokken naar binnen werkt en dan lacht om iets wat een van haar vrienden zegt. Haar Debbie Harry-bob is deze week lichtroze – ze heeft een vleugje champagne aan haar gebruikelijke platina toegevoegd, waardoor haar bleke huid straalt. Ze is zo mooi dat het pijn doet.

Ik dwing mezelf naar buiten te lopen.

Ik weet dat de bar vertrouwd voor haar is, en ze heeft er veel vrienden. Ze heeft ook haar bandleden, waaronder haar broer. Ze zouden allemaal op haar moeten letten. Maar er is alcohol in het spel. Mogelijk drugs. En ik weet dat ik niet de enige *mudak* ben die slechte gedachten koestert over wat ze met de raadselachtige zangeres van de Storytellers zouden willen doen.

De bandleden blijven soms drinken nadat Rue's sluit, wat legaal is omdat ze op de loonlijst van de bar staan. Op die avonden zit ik in mijn Yukon Denali te wachten tot ik Story veilig in de bus van de band zie stappen of zie vertrekken met iemand die ze kent.

Vanavond gaan ze allemaal na mij naar buiten met hun groupies. Ik zal niet lang hoeven wachten.

Snel zal ze veilig uit mijn zicht zijn. Ik kan naar het penthouse gaan en beginnen met aftellen tot ze volgende week weer speelt.

Ik loop naar mijn voertuig en leun met mijn onderarm op de motorkap, wachtend om er zeker van te zijn dat ze hier veilig wegkomt.

Story zwalkt terwijl ze door de parkeerplaats klost in haar Doc Martens, de alcohol heeft haar duidelijk geraakt. Haar netkousen hebben een scheur langs één dij die me de neiging geeft het karwei af te maken. Ze open te scheuren en me een weg te likken naar de top van die welgevormde benen. Alleen heb ik geen tong om mee te likken.

*Blyad!.* Ik ben sinds mijn tong werd afgesneden niet meer dan twee keer met een vrouw geweest. Ik weet niet hoe ik de liefde zou bedrijven met Story zonder de verdomde punt van mijn tong.

Haar broer – de versierder van de band – heeft een hete meid onder elke arm, en hij loopt achter zijn zwalkende zus naar hun busje. Zijn busje – denk ik. Tenminste, hij rijdt er meestal in.

Ze heeft een kleine Smart Car waarmee ze af en toe komt opdagen.

Flynn zegt iets tegen Story en wijkt af van de bus, terwijl hij zijn twee dates meeneemt.

'Wat? Wacht – Flynn – dat kun je niet!' roept Story hem na.

Hij negeert haar.

'Ik heb te veel gedronken om naar huis te rijden.'

Flynn luistert niet eens. Hij zegt iets tegen de meisjes, en ze giechelen als reactie.

De rest van hun groep is naar andere voertuigen vertrokken, waardoor Story alleen achterblijft met het busje.

Dronken.

*Blyad!.* Ik ben niet de aangewezen persoon om haar te vertellen dat ze niet dronken moet rijden. Nogmaals – ik vertel duidelijk niemand wat – ik *kan* niemand wat vertellen.

Maar ik vind het niet fijn.

'Flynn!' roept Story naar haar broer. 'Kun je me niet eerst afzetten?'

'Ik heb ook gedronken,' zegt hij, hoewel ik denk dat hij waarschijnlijk in veel betere toestand is dan zijn zus.

Ik stap van mijn voertuig weg om mezelf te laten zien. Ik houd mijn sleutels omhoog en wijs naar de Denali. Het is ongeveer zo dicht als ik in lange tijd bij communiceren ben gekomen. Meestal probeer ik het niet eens. Op die manier stoppen mensen met proberen contact met me te leggen. Me erbij te betrekken. Op die manier word ik onzichtbaar.

Voor zover een man van een meter achtennegentig en honderdzevenentwintig kilo onzichtbaar kan zijn.

Story ziet me en aarzelt. Ik kan zien dat ze mijn aanbod heeft begrepen. Ze overweegt het.

Een deel van mij wil dat ze het afwijst. Ze zou niet in auto's moeten stappen met mannen die ze niet echt kent. Ik bedoel, ze kent me van een bar, maar ik zou elk soort engerd kunnen zijn.

Maar haar schouders zakken in berusting. Ze houdt haar sleutels omhoog en zwaait ermee naar mij. 'Oleg – kun je me naar huis rijden?' lalt ze.

Ze wil dat ik haar busje bestuur.

Ik knik, ik beweeg al voordat mijn hersenen zelfs de consequenties hebben overwogen.

Dit zal contact vereisen. Pogingen tot gesprek. Ongemakkelijke stiltes die hoogstwaarschijnlijk worden gevuld met vermeden oogcontact en de metaalachtige geur van angst. Dat is wat er eerder gebeurde wanneer iemand die zo goed is als Story te dicht bij mij komt. Fuck, ik haat dat.

Ik jaag mensen de stuipen op het lijf. Ik ben groot, dreigend, bedekt met bratva- en Siberische gevangenistattoos, en ik kan niet spreken omdat mijn laatste werkgever mijn tong heeft afgesneden om te voorkomen dat ik zijn geheimen zou verklappen. Ik adem intimidatie. Ik lijk alsof ik een man met mijn blote handen kan doden zonder ook maar een zweetdruppel te laten.

En dat heb ik. Vele malen.

Ik ben de bratva-afperser.

Story struikelt een beetje als ik aankom, en ik pak haar elleboog, waardoor ze steviger staat. Ze leunt tegen me aan en geeft me een ongerichte glimlach. 'Dank je wel dat je me redt. Ik wist dat je dat zou doen.'

Ik probeer het effect van haar woorden op mijn kloppende hart te negeren. De manier waarop ze het dubbel laten pompen, dan een slag overslaan, dan weer vooruit racen.

*Ze wist dat ik het zou doen.*

Nou, mooi. Want ik dacht eerlijk gezegd dat ze op het punt stond 112 te bellen om me aan te geven voor stalken, omdat ik elke week een jaar lang bij de shows van de prachtige leadzangeres was.

Ik was niet van plan om de stalker van Story Taylor te worden.

Ik kijk gewoon graag elke week naar haar optreden. Ik weet niet wanneer ik geobsedeerd raakte. De eerste keer dat ik ze zag spelen?

Nee, toen werd ik een fan. Toen wist ik dat ik haar slanke lichaam onder het mijne wilde krijgen om haar van plezier te laten schreeuwen.

De derde keer?

Misschien.

Alles wat ik weet is dat ze nu mijn verslaving is. Ik wil niet komen. Ik haat het verdomme dat de jongens in mijn bratva-cel er achter kwamen en me willen helpen om met haar te versieren. Ik wil onzichtbaar blijven. Een blok beton dat niemand kan lezen. Ik sloot me af toen ik me plotseling in de gevangenis bevond zonder tong. Ik leerde communiceren met mijn vuisten en stopte met elke andere vorm van verbinding. Maar zij is mijn zwakte.

Ik kan niet wegblijven.

Ik kan mezelf er niet van weerhouden de eerste te zijn die

arriveert en de laatste die vertrekt op zaterdagavond. Ik wil nergens om geven, vooral niet om een volslagen vreemde die nul interesse heeft in een reusachtige, stomme sterke man.

Maar hier ben ik.

Weer.

Niet in staat weg te kijken van haar prachtige gezicht. Of weg te blijven van dat bloedgeil lichaam dat ik elk centimeter van wil plezieren. Of zelfs maar na te denken over haar onbeschermd achterlaten, aangezien niemand het met mij aan de stok zou durven krijgen.

Ik neem de sleutels uit haar hand, open de passagiersdeur van het busje en til haar erin met mijn handen om haar middel. Ik hou verdomd veel van het gevoel van haar stevige vlees onder mijn handpalmen. Van haar volle gewicht dragen, er controle over hebben.

'Oh!' Mijn hulp verrast haar, en ze laat een hijgerige giechel horen. 'Bedankt.' Ze is niet vaak zo dronken. Vaak nipt ze de hele tijd aan één drankje terwijl de rest bezopen wordt. Vanavond was een uitzondering.

Ik sluit de deur en doe mijn ogen dicht, terwijl ik mijn lul wil kalmeren. Om te stoppen met reageren als een tiener-jongen elke keer dat ik haar aanraak. Ze ruikt zoet, naar margarita's en vanille.

Ik weet dat ze niet van mij is.

Ze zal nooit van mij zijn.

En toch weigert een deel van mij dat te begrijpen. Een deel van mij claimde haar de eerste keer dat ik haar zag.

Ik stap in het busje en start het, kijk dan naar haar en haal mijn schouders op voor aanwijzingen. 'Oh, eh, hier.' Ze pakt haar telefoon en opent de Google Maps-app. Ze voert een adres in, en de geautomatiseerde stem begint aanwijzingen te geven. 'Dat is makkelijker dan dat ik het probeer te vertellen,' lalt ze. Ze zwaait onregelmatig met haar hand in de lucht. 'Ik zou het misschien verkeerd doen of zo.'

Ik leg de telefoon in de middenconsole en volg de aanwijzingen. Haar appartement ligt een paar kilometer van de bar, in een redelijke buurt. Ik vind een parkeerplaats verderop in de straat, zet het busje uit en geef haar de sleutels.

Nu weet ik waar ze woont.

En dat is een groot probleem.

Ik heb haar bewust nooit gevolgd. Dat zou de grens echt ver overschrijden naar stalkerterrein. Maar nu ik het weet? Fuck.

Zal ik in staat zijn om weg te blijven? Ik moet weten dat ze veilig is elke keer dat ze haar appartement verlaat, niet alleen de bar.

Godverdomme.

Waarschijnlijk niet.

Dit gaat een probleem voor me worden. En voor haar.

Voor ons beiden.

Lees Nu

# ANDERE TITELS VAN RENEE ROSE

# OVER RENEE ROSE

**USA TODAY BESTSELLING AUTHOR RENEE ROSE** houdt van een dominante alpha held met vieze praatjes! Ze heeft meer dan twee miljoen exemplaren verkocht van stomende romances met verschillende niveaus van erotiek. Haar boeken zijn verschenen in USA Today's Happily Ever After en Popsugar. Ze is in 2013 uitgeroepen tot Eroticon USA's Next Top Erotic Author, en heeft ook Spunky and Sassy's Favoriete Sci-Fi and Anthology author gewonnen, The Romance Reviews Beste Historische Romance, en heeft meer dan een dozijn keer de USA Today lijst gehaald met haar Chicago Bratva, Bad Boy Alpha en Wolf Ranch series en verschillende anthologieën.

*Renee houdt ervan om met lezers in contact te komen!*
https://www.reneeroseromance.com
reneeroseauthor@gmail.com